不遜な恋愛革命

青野ちなつ

Illustration
香坂あきほ

B-PRINCE文庫

※本作品の内容はすべてフィクションです。
実在の人物・団体・事件などには一切関係ありません。

CONTENTS

不遜な恋愛革命

ファッションビルにある書店だからか、ちょっとしたブティックのように洗練された店内は、地味で大人《おとな》しい人間だと自覚している潤《じゅん》としては少し居心地が悪い空間だ。

それでも、他店では見られない本が揃っていたりするからなかなか魅力的で、つい足を運んでしまうのだけど。

やっぱりこんな場所に柱はいらないんじゃないかな……。

隣に割り込んできた学生服の集団にジャマだと押しやられ、危うく鏡の柱にぶつかりそうになった潤はため息を嚙みつぶしながらそう思った。

天井《てんじょう》までの太い柱の鏡にわずかに口の端を下げて映っているのは、日本人離れした顔の学生だ。

小さなその白い面で目立っているのが、アーモンド形のつり上がった大きな目。その虹彩《こうさい》が淡い色であるのも、異端であることを即座に知らしめす。ひと目で外国の血が入っていることがわかる顔立ちなのに、違和感を覚えるほど真っ黒すぎる髪は、潤がもう小学校を卒業する前からのトレードマークだ。

月一で染めているせいか、それとも本来の猫《ねこ》っ毛《け》のせいか。フワフワとした髪はまとまりがよくないが、鏡の中の潤の頭は珍しくさらりと形良くまとまっていた。

それもこれも、今日がその美容院の日だったからだ。

地域でも有名な進学校に通い放課後も塾通いで忙しい潤だが、月一回で通うこの日は塾も休むせいか、時間が余る。寄り道は禁じられていたが、書店で何の目的もなく本を見て歩くこの時間を潤はひそかに楽しみにしていた――が。

「ふぅ……」

見たいと思っていた新刊のコーナーから押しやられ、仕方なく目についた本を手にしていたけれど、近くで騒ぐ学生達にもう楽しい気分はそがれてしまっていた。

今日はもう帰ろう……。

手に持っていた魚の写真集をそっと本棚に戻し、潤が出口に向かって歩き出したときだ。

「おいっ」

「やべ、見つかった?」

慌ただしい声が背後《はいご》から聞こえたかと思うと、さっきまで隣にいた学生の集団がバタバタと潤を追い越していく。そのひとりが持っていた大判の紙袋が、潤の足に当たってリノリウムの床に中身をぶちまけた。

「やっべ」

ちっと舌打ちされたが、学生達はそれを拾いもせずに一目散《いちもくさん》に逃げていく。

潤の足下に残されたのは、まだビニールがかかったままの大量のマンガ本と写真集だった。

「え……」

この本をどうするのかと、もう見えなくなった学生達を見つけようと背伸びしたとき、いきなり強い力で腕を摑まれた。

「君っ」

太い声で怒号《どごう》され、潤はびくりと体が竦《すく》む。

「あの子達の仲間だね。ちょっと来てもらうよ」

有無《うむ》を言わさず引っ張られて足が絡まりそうになった。警備服を着た大柄な男は、転びそうになって思わず足を止めた潤をどう思ったのか、はっしと睨《にら》みつけてくる。

「ここで騒ぐと君が恥ずかしい思いをするよ。常習犯だって前々から目をつけていたんだ。見逃《のが》しはしないからね」

さっき逃げていった学生達が万引きをしていたのだと、潤はようやく気付いた。けれど、だからこそ潤は慌てる。

「あの、違います――…っ」

万引き犯の仲間なんかじゃない――っ。

潤はそう叫びたいのに、警備員の剣幕《けんまく》に喉《のど》が強ばりついてしまい、声がうまく出てこなかった。

「違います、本当なんです。彼らとは……」

潤の小声の抵抗では警備員の耳にも入らないらしい。いやそれ以前に、万引き犯の仲間だと決めつけているこの警備員には、潤の言葉など端《はな》から聞く気はないのかもしれない。

「いいから、さっさと歩きなさいっ」

必死で首を振るも、そのまま引きずられていこうとしたその時、凛《りん》とした声がフロアに響いた。

「――そいつは関係ねぇと思うぜ」

はっと潤が振り返ると、ひどく印象的な男が歩み寄ってくる。大判なデザインブックを脇に抱えた、驚くほど長身の男だった。

一九〇センチは優に超えていそうな男は、日本人離れした九頭身で長い手足を持っていたが、シャギーの入ったつやのある黒髪に縁取られたその顔も、モデルか芸能人のように華やかなものだった。

きりっとした眉に、心の奥まで見通しそうなほど鋭い瞳は漆黒《しっこく》だ。細い鼻筋は真《ま》っ直《す》ぐで、その先に肉感的な唇があった。笑みを浮かべるとさぞや甘やかにほころぶだろう唇が、今は少し皮肉げにめくれ上がっている。

そして何より、彼の持つあでやかなオーラこそが、男の一番の魅力かもしれない。

「見てたけど、そいつ無実だぜ、オッサン」

大勢の視線に臆《おく》することなく潤の前に立った男は、ゆっくりとした動作で潤に眼差しを寄越してきた。

芸術家がかたどったみたいに整った容貌《ようぼう》の男は、甘さと鋭さという両極を内包する眼差しで潤を見据えてくる。潤はその視線に射《い》貫《ぬ》かれたように、息をするのも忘れて男を見つめてしまっていた。

世の中にこんなきれいな男の人がいるんだ。

潤は今の深刻な状況もなかば忘れたように、すっかり男に目を奪われていた。

「――っと、君はこの子の連れなのか?」

潤と同じく男の迫力に圧倒されていたらしい警備員が、わざとらしい咳払《せきばら》いのあと男に尋《たず》ねる。

「まったく関係ねぇよ。別にそいつを助けるつもりはなかったけど、オッサンがあまりに横暴《おうぼう》だったからムカついただけ」

あっけらかんと言った男の言葉に警備員が鼻白《はなじろ》む。

「そいつ、さっきのやつらが来る前からそこで本を読んでいたぜ。おれが欲しいと思った本を目の前でかっ攫《さら》ってくれたから、よく覚えてる」

視線の前にかざされたのは、さっきまで自分が時間つぶしに見ていた深海魚の写真集だ。

「あ……」

警備員が怯《ひる》んだ表情を浮かべたのを見て、男がここぞとばかりに畳みかけてくる。

「そもそも、本は今そいつの足下にあって、まだ店を出ていない。こういうのって万引きって言わないよな?」

「そっ、それはあいつらが常習犯だからっ」

「だーかーら、そいつは仲間じゃないって言ってんの。この状態で出るとこ出られたら、困るのオッサンじゃね?」

そのセリフにとうとう警備員は潤の腕を離してくれた。おざなり程度の謝罪をすると、そそくさと逃げるように歩き去っていく。床に散らばった本をかき集めていた書店スタッフにも謝罪され、潤はそれには何とか言葉を返した。

ようやくほっとしたのはその頃だ。今さらながらに本当に万引き犯にされてしまうところだったのだと胸がひんやりすると共に安堵《あんど》のため息がもれた。

騒ぎも収束《しゅうそく》し周囲にいた野次馬《やじうま》達も疎《まば》らになったが、その時、潤ははっとして周囲を見渡す。さっき自分を助けてくれた長身の男もいなくなっていたのだ。

「お礼もまだ言っていないのに……」

慌てる潤の視界に、レジで本を受け取って歩き出す男の姿が見えた。潤は足早に出口から出て行く男を追いかけた。

「あのっ」

ファッションビルの通路を長身の後ろ姿を目指して最後には走り出してしまったが、男にはなかなか追いつかない。

「待って下さい。あの、待ってっ」

こんな大声を出したのは何年ぶりだろうか。

自分の細い声が通路に響いて恥ずかしくなるが、おかげで男が振り返ってくれた。

通路の真ん中で立ち止まり、呼び止めた潤の顔を男が眇《すが》めるように見つめる。その強い眼差しに、潤は急に自分の体がおかしくなった気がした。右手と右足が同時に動いているようなぎこちなさを覚える。

ぎくしゃくとようやく男の前まで行くと、男がついと眉を上げた。

「何？」

感情の見えない冷たいとも思える表情なのに、男の端整な容貌の上にあると、人を圧倒するような冴《さ》え冴《ざ》えとした魅力に変わる。

一瞬見蕩《みと》れそうになったが、男の眉がわずかに寄せられたのに気付いて、潤はぐっと腹の底に力を込めると口を開いた。

「さっきはありがとうございました。本当に助かりました」

この人がいなかったら、自分は今頃何もしていないのに警察に突き出されていたかもしれないのだ。

そう思うと、自然に深く頭を下げていた。

自分の特殊な容姿と複雑な家庭事情ゆえに、臆病で、目立つことを何よりも避《さ》けて通るような潤である。自分だったら絶対できない――そう確信できるから、さっきの男の行動にはすごいと胸が震えるような感動を覚えていたし、心から感謝していた。

落ち着かない胸を押さえながら潤がゆっくり顔を上げると、男は高いところから冷《さ》めた顔つきで見下ろしている。

「別にあんたを助けるつもりでやったわけじゃないって、さっきも言っただろ」

「いえ、それでもおれが助けられたのは事実です。本当にありがとうございました」

潤はもう一度頭を下げた。が男は潤の次の言葉を待つかのように黙《だま》ったままだ。顔を上げた潤が何も言えないでいると、苛立《いらだ》たしげに口を開いた。

「ウゼェ。そんな顔をしても相手にはしないぜ？　おれはあんたを助けたつもりはないから、礼はいらないし、食事もお茶もしない。あんたと会うことは今後一切《いっさい》――…って、え……？」

早口で男はまくし立てたが、途中で潤の反応の悪さに気付いて訝《いぶか》しげに言葉を止めた。

「――あんた、もしかして本当に礼を言うためだけにおれを呼び止めたのか？」

さっきから男が何を言っているのかわからず困惑《こんわく》していた潤が、ようやく自分にもわかる質問におずおずと頷《うなず》くと、男は毒気が抜けたような表情を見せた。

「ふぅん、あっそ。じゃ、いいや」

男は拍子《ひょうし》抜けしたように声をもらすと、潤に背中を向けてまた歩き出す。

「本当にありがとうございました」

だから潤は、もう一度長身の背中に感謝の言葉をぶつけた。

と、数歩も行かないうちに、男がまたぴたりと止まった。俯《うつむ》くように丸めた背中が震え始め、次の瞬間男は笑い声を上げていた。

「たまんね、おれもとんだ自意識過剰だよ」

体を折り曲げるように爆笑し始めた男に潤は目を白黒させる。

何か、危ない人なんだろうか。

笑いすぎて涙まで浮かんでしまったのか、目元を指で拭《ぬぐ》っている男に、潤は思わず半歩後ろに下がってしまった。

潤がわずかに怯《おび》えたのを見たのか、また大げさに噴き出した男は、それでも何とか笑いを収めると視線を合わせてきた。

「わりぃ。少し派手《はで》な仕事をしているから、近寄って来るやつには警戒しちまうんだ」

楽しいものを見つけた子供のようにきらきら光っている瞳に潤は見蕩れる。

さっきまでの冷たいイメージが一変してパッと周囲まで明るくなったような華やかなオーラに、潤は気圧《けお》されたように動けなくなった。

「何、おれの顔に見蕩れてんの？　そんなにおれってイイ男？」

そんな潤に、男が悪戯《いたずら》っぽく目を細めて顔を近付けてきた。同時に、男の片手が潤の前髪をかき上げるように頭を摑んでくる。

「頭、ちっちぇ」

何もかもが男のツボにはまるのか、男の片手に収まるような潤の小さな頭部を揶揄《やゆ》するように独りごちては、また噴き出した。

近付いた体からオリエンタルな香水の香りがふわりと飛んできて、大人の男だと改めて潤に印象づける。

いい匂い、何だかドキドキする……。

深い森をイメージさせるような大人の香りに、頰《ほお》がしぜん熱くなった。

「へぇ、やっぱ、あんたってハーフなんだ」

男の黒い瞳に、潤のアーモンド形の目が見上げているのが映り込んでいた。本来、金色に近い淡い茶色である潤の瞳だが、そこには黒っぽく沈んだ色で映っている。

「顔を見てそうかと思ったけど、髪黒いから――……って、何かわざとらしい黒さだな、染めてんの？」

男がわずかに感嘆の声を上げたが、すぐに納得《なっとく》いかないと顔をしかめる。

「もったいねぇな、瞳の色がきれいだから髪もきれいなんだろ？　それを隠すなんて」

男の長い指が目元に触れて、ようやく潤は今の状況に気付いてうろたえる。

顔を寄せ合い、潤にいたってはうっとり男の顔に見蕩れていたのだ。あまりの恥ずかしさにパニックを起こしそうになった。

周囲も、通路のど真ん中で始まった男二人の親密なスキンシップに何かの撮影かと集まり始めている。

「あのっ、あのっ、あの――っ」

焦《あせ》った潤が真っ赤になって男の胸に手をついて押しやると、ようやく離れてくれた。

「おっもしれぇの。あんたみたいなやつ、おれの周りにはいないな。おれが普通に生活してたら絶対知り合わないタイプだわ」

この男の方こそ潤の周りにはいないタイプだ。

強烈なオーラは眩《まぶ》しいほどで、ただ立っているだけでも人の目を惹《ひ》きつける。表情豊かで言葉も多少きついが、そこに悪意がないのは感じ取れた。

初対面の人間にもこれほど屈託《くったく》なく話せる男に、潤は尊敬すら覚えてしまう。が、潤がそんなことを考えている間に、男もとんでもないことを口にしていた。

「小動物みてぇ。しかも、制服がその細い体に似合いすぎて、何だかイタイケだな」

「へ？」

「おい、ケーバン教えろよ」

当たり前のように自分の携帯電話を取り出しながら言う男に、潤は呆気《あっけ》にとられる。

「おーい、ケータイ」

さらには当然とばかりに潤に対して手を差し出してくる。思わず潤もカバンに手をつっこんでいた。

「おまえ、名前は？」

もたもたと操作する潤に焦《じ》れたのか、男はさっさと携帯電話を取り上げると勝手にいじり始める。携帯を操作しながら男は顔も上げずに聞いてきた。

「——橋本《はしもと》潤です」

「潤？　ふぅん、何かおまえに似合っている名前だな。よっと」

何でこんなことになっているんだろう。

さっきまで見ず知らずだった男に、名前どころか携帯の番号まで教えているなんて。

潤は自分の行動が信じられず、でもどこかわき立つような不思議な気持ちで男を見やる。

「その一番上のがおれの番号な」

ようやく返してくれた携帯電話の住所録を確認すると、『た』の欄に見知らぬ名前がある。

「た…いせい？」

読み方に自信がなくて不安げに名前を読み上げると、目の前の男がにぃっと唇を横に引っ張るように笑った。

「そ、榎泰生《えのきたいせい》。タイセイって名前でモデルをやってる。今、ちょっと暇《ひま》な時期だからおまえ付き合えよな。呼び出したらちゃんと出てこいよ？」

「ええっ？」

ぎょっとして潤は思わず声を上げていた。

ただでさえ人と接するのを苦手《にがて》としている潤だ。まだ顔を合わせて間もない、こんな存在感のありすぎる泰生とまた会ってしゃべるなど、絶対ムリだと思った。

普通にしゃべっているだけなのに、まるで全力疾走しているように胸がドキドキして苦しい。

これをもう一度味わうなんて。

必死な顔で何度も首を横に振るが、泰生はじろりと頭ひとつ上から見下ろしてくる。

「おれはおまえの恩人だろ？　当然礼がしたいよな？　だったら、おまえの時間を渡せ」

「あの、でも……」

「っと。まずい、時間に遅れる。んじゃな」

言うことを言った泰生は手をあげるとさっさと歩き去っていく。

「どうしよう……」

潤は独りごちるが、泰生の後ろ姿はあっという間に小さくなった。リズムを刻むようなきれいな歩き方はまるで踊っているようだ。

「不思議な人……」

潤は小さくため息をつくと、自分もゆっくり歩き出した。

狐《きつね》につままれた——というのは、こういう感じなのだろうか。

自分の携帯電話に新しく増えた名前を見ながら潤はそんなことを考える。

先ほどのことを思い出すと、なぜかほのかに胸が温かくなるような気がするのだから本当に不可思議だ。

美容院の帰りにちょっと寄り道をして、というふうにいつもの静かなひと時に、まさかあんな衝撃的な事件が起こるとは思わなかった。万引き犯にされかかったこともしかり、泰生のこともしかり。

特に、泰生という存在はまるで小さな嵐《あらし》のようだったと潤は口元が緩《ゆる》む。

しかし、そんなのんびりとした気分でいられたのも、家に到着するまでだった。

「何ですか、こんな早い時間に帰ってくるなんて。塾はどうしたんですか」

本物の暖炉《だんろ》なんてものが普通に鎮座《ちんざ》している広いリビングに入ったところで、後ろから尖《とが》った声をかけられた。

振り返ると、白い髪を後ろにきりりとひっつめた和装の老女が立っている。いつも狷介《けんかい》な表情をしているその人は、潤の祖母だ。

「まさか、さぼったわけではないでしょうね。そういうのは許しませんよ。ただでさえ、おまえはこの橋本家の恥なのですから、これ以上面汚《つらよご》しのような真似をしてもらっては困ります」

「いいえ、お祖母《ばあ》さま、今日は――」

祖母のきつい言葉はいつものことだったが、今日は美容院に行った日だとつい言い訳をしようとしたのが間違いだった。

「私に口答えするつもりですか。その目で私を睨みつけるのもやめなさいっ」

顔を上げた潤を、祖母は叱《しか》り飛ばす。

「あの女そっくりの生意気な目で私を見ないでちょうだい。おまえは本当にどうしようもない子供ね。育ててやっている私に感謝の言葉ひとつないどころか、口答えしようだなんて」

「――すみません」

潤は視線を落として謝罪する。

最初からこうすればよかった。

屈託なく話す泰生とさっきまで接していたせいで、少し自分の感覚がおかしくなっていたのかもしれない。

「母親に捨てられたおまえを拾ってやった恩を忘れたわけではないでしょうね。だいたい、この由緒《ゆいしょ》正しい橋本家に外国人の血が混じるなんて許されないことなのに、それを――」

潤が生まれた橋本家は華族の流れを汲《く》む名家《めいか》だ。都心から幾分離れた場所ではあるが、土地やビルを幾つも所有し、父は名の通った貿易会社の社長をしている。

そんな名門の橋本家で汚点と言われているのが潤だった。

政略結婚の前妻を亡くして父がすぐに迎えたのが潤の母。父の第二秘書をしていた彼女は北欧系の外国人で、当然生まれてきた潤も純粋な日本人の顔立ちはしていなかった。

橋本家に嫁《とつ》いだ外国人の母は格式に縛られた生活と辛辣《しんらつ》な姑《しゅうとめ》に嫌気《いやけ》が差したのか、潤が生まれるとすぐに家を出て行ったが、潤はその場に残された。

以降、父は家に帰らなくなり、潤は祖父母をはじめ親せき中から疎《うと》まれながら暮らしてきた。

母を思い出させる髪は黒く染めさせられ、母によく似ているらしい面差しのためか、顔を上げることさえ禁じられている節がある。口答えは一切許されず、時に鬱憤《うっぷん》晴《ば》らしのように難癖《なんくせ》をつけられたりした。

それでも潤は幼い頃からそんな環境にいたせいか、祖母のきつい言葉にも、心は麻痺《まひ》したように何も感じなくなってしまっている。

指先は、なぜかいつも冷たくなってしまうのだけど。

「お祖母さま、明日のお茶会用のお召しもの。北村《きたむら》が広げてみたら気になるシミを見つけたって言ってるわ」

ぼんやりと祖母の誹謗《ひぼう》を受けていると、奥の扉から姉の玲香《れいか》が姿を見せた。

腰までの長い黒髪が美しく涼やかな純日本風の顔立ちは、往年の美人女優にそっくりだと褒《ほ》めそやされるほどで、事実、現在雑誌の読者モデルとして大人気だ。ひそかに信奉者も多いらしく、玲香が動くと数人の男達が影のように付き従うなんて話を、従姉妹《いとこ》達から聞いたこともあった。もちろん、橋本家でも祖父母の信頼が厚い。

「まぁ、あれはお気に入りの着物なのにっ」

その玲香の言葉に、祖母は眉をつり上げて足早に去っていく。潤がようやく顔を上げると、玲香が肩を竦めながらソファへと歩いていくところだった。

「あなたもいい加減どこかで切り上げられるようになさい。何十分もお説教を聞いていたいっていうなら別だけど」

「姉さん」

「どうせ、今日は美容院の日だから早く帰ってきたんでしょう？」

ドライな物言いだが、玲香はこの家で唯一《ゆいいつ》潤と普通に話してくれる人間だ。前妻の子供であるため潤には異母姉になるが、そのことで今まで何か言われたことはない。今日みたいに潤を庇《かば》ってくれることも少なくなく、嫌われてはいないのではないかと潤は思っている。

「ありがとう、姉さん」

大型テレビを操作している玲香には、もう潤の言葉は聞こえていないようだった。

うるさいほどの音楽と奇抜《きばつ》な服装をしたモデル達が次々と出てくるそれは、玲香がいつも見ているファッションショーの映像だ。祖父母に今以上の露出を禁じられているため、読者モデルという形でとどまっているが、玲香がもっと本格的にモデルの仕事がしたいと思っていることは潤も気付いていた。

潤も自室へ戻ろうと歩き出したが、はっとして足を止める。

今、気になる映像を見た気が――。

「あっ」

テレビをもう一度見て、潤は声を上げていた。

さっきの、あの泰生という男が画面の中でポーズを取るところだったのだ。

「どうしたの？」

「姉さん、この人――」

「タイセイ？　何、知ってるの？」

珍しく玲香が反応よく振り返ってくる。

名前もさっき聞いたものと同じで、やはりテレビの中の男と同一人物であるとわかった。

「さっき書店で……見た」

けれどまさか万引き犯に間違われそうになったところを助けられたとは言えなかったから、潤はそれだけを口にする。

「何だ」

玲香はすぐ興味を失ったように前を向いた。

「日本のトップモデルよ。私より二歳下で二十二歳。今、日本の男で世界で活躍できているのは彼ぐらいよ。カリスマ性があって、どのメゾンでもこぞって彼を使いたがってるって聞くわ。前回のコレクションでは二つのハイメゾンでファーストルックを飾ったの」

「ファーストルック？」

「ランウェイショーでも注目される最初の出番が彼だったってこと。フィナーレを飾るのと同じくらい、モデルとしてはなかなか名誉なことなのよ」

潤は玲香が話してくれる内容もさることながら、その滔々《とうとう》とした語り口にも呆気にとられていた。

いつもは静かな光をたたえる切れ長の目が、今はキラキラ輝いている。

「ショーモデルを専門としてやっているから表だって有名ではないけど、熱狂的なファンは大勢いるわ。それに、先日ジュエリーのCMに出ていたからもしかしたら——」

姉がこんなにしゃべったのを聞くのは初めてではないだろうか。

びっくりして見つめる潤に気付いたのか、玲香は慌てたように咳払いする。

「その……友人なのよ。頑張っているから応援しているの」

恥ずかしいのか、わずかに頰を染める玲香に納得したというように潤は頷いた。

画面では、すべてのモデル達が並んで歩いてくるところだ。その中に、やはり泰生がいた。

過去の映像なのだろう。今日見たより髪が短い泰生が、演技なのか表情のない顔で通りすぎていく。それでも他のモデル達と違って、泰生の姿は潤の胸に印象的に残った。

さっきもそうだった。

泰生という男は、きわだった容姿や開《あ》けっ広《ぴろ》げな言動によって強烈に潤の心にその存在を刻みつけていった。今でも泰生のあでやかな笑顔が鮮明に思い出せるくらい。

潤は自室へとゆっくり歩き出す。

あの男に触《さわ》られた額が急にずきずき疼《うず》くような気がした。

「男の、大人の手……」

母に捨てられて父にも抱かれた記憶がない潤は、幼い頃から人に触れられたことは滅多《めった》にない。だからか、無造作《むぞうさ》に触れてきた泰生にはびっくりした。その手の大きさにも、暖かな感触にも。

嫌じゃなかった……。

潤はいつの間にか温まっていた手でゆっくり制服のネクタイを解《ほど》く。

あの人とまた会える——？

そう思うと、胸がざわざわと落ち着かない気持ちになった。


潤が担任の教師から頼まれた雑用を終えて教室に戻ってきたとき、そこにはもう誰ひとり生徒は残っていなかった。

潤が通っているS校は地域でも有名な進学校のせいか、受験を控える三年生ともなると、学校が終われば塾や家庭教師が待っているという環境の生徒がほとんどだ。

かくいう自分も塾に行かなくてはならないのだが、要領が悪いのか、副委員長という肩書きのせいか、何かと仕事を押しつけられることが多く、帰るのもいつも最後に近かった。が、その副委員長という地位も、立候補者が誰もいなかったクラスで、ただ成績が二番であったから押しつけられたにすぎない。

「やっぱり、要領が悪いんだろうな……」

そう独りごちたところで、教卓に忘れ去られた日直ノートに気付いてしまった。

このまま置きっぱなしにしても怒られるのは日直当番なのに、潤は見ないふりをして帰ることがどうしてもできなかった。

こんなふうだから——。

「『優等生面して』とか言われるんだ」

思わず呟《つぶや》いた潤だが、その声音《こわね》がグチめいた響きに聞こえて頬が熱くなる。

自分がちょっと動けばすむのだ。人に何かを働きかけるよりずっと易《やさ》しい。

そう自分に言い聞かせると日直ノートを開き、潤は書き慣れたスピードでページを埋めていく。

「よし、終わり」

五月も中旬になると、教室の窓からは日々濃くなっていく緑が鮮やかだ。

けれど、潤はそれには見向きもせずに開け放たれた窓を閉め、自分の机からカバンを取り上げる。が、そのカバンに中途半端《ちゅうとはんぱ》に入っていたのか、携帯電話が滑り落ちてきた。

カシャンと音を立てたそれを慌てて拾い上げ、壊れていないかフリップを開く。

「あれ」

が、その画面に着信があったことを知らせるマークがあるのに気付いて声を上げた。

「泰生って……」

三〇分も前に連絡が入っていた。学校にいる間、携帯は音を鳴らさないようにしていたから気付かなかった。もっとも、潤に電話をしてくる人物など今までほとんどいなかったのだが。

「まさか、本当に連絡があるとは思わなかった」

しばらく迷ったあとで、潤は震える指先でボタンを押し、耳に当てる。

『潤?』

受話口から聞こえてきた声にびくりとした。

名前を呼ばれただけなのに、潤はその場に座り込みそうになる。まるで親しい友人のように屈託なく名前を呼ばれたのだ。慣れない潤は色んな意味でドキドキしてしまう。

『おい、潤だろ？　どした？』

「あ、ごめんなさい。あの、電話を頂いたみたいで」

自分の声が震えていることに気付いたが、潤はどうすることもできない。

『「頂いたみたい」って何だよ、子供のくせにウケる。やっぱいいよ、おまえ。今から出てこい、メシ食おうぜ』

「おれ、まだ学校にいるんです」

『もう授業は終わってんだろ？　んじゃ、待ってるから早く来いよ』

泰生は一方的に待ち合わせ場所を決めて電話を切ってしまった。

「どうしよう」

潤は切れてしまった携帯電話を見つめたまま途方《とほう》に暮れる。

今日は塾もあるのに。

けれど困惑する潤の耳にふと、さっきの、自分の名前を呼んだ泰生の声が蘇《よみがえ》ってきた。

潤――と、連絡を待ちわびていたような微《かす》かに甘さを含んだ声には、潤に対する好意がほの見えた気がする。

誰かに、あんなふうに名前を呼ばれたことがあっただろうか。

まだ震えている指で、潤は無意識に携帯電話を撫《な》でる。

初対面に近い泰生なのに、寄せてくれる好意が嬉《うれ》しくて口元がむずむずするようだ。胸の内側を軽やかに指で擽《くすぐ》られているような気持ちがした。

そんな泰生の気持ちをふいにしたくない。

それに、待っていると言った泰生を無視することも潤にはできなかった。

塾をサボるなんて今までしたことなかったけれど……。

「今日だけ。恩人なんだから、今日だけだ」

そう自分に言い聞かせて日直ノートを手に教室を出る。

いつの間にか、その足が弾《はず》むように速くなっていることに潤は気付かなかった。

「遅えぞ」

昨日の書店が入っているファッションビルの下階にあるカフェに泰生はいた。

肘《ひじ》掛《か》け椅子《いす》に優雅に腰かけていた泰生は、本を読んでいるせいか、銀縁《ぎんぶち》のメガネをかけていた。しゃれたフレームは独特だったが、泰生の端整な顔を知的なそれへと変えている。

昨日は小説の中に出てくるジゴロみたいに悪ぶった感じだったのに、今日はデキる青年実業家のようだ。

泰生の周りだけ、取り巻くように席が埋まっていた。が、耳目《じもく》を集めてはいたが、話しかけようとする人間はいない。他を圧倒するようなあでやかなオーラは人が近付きがたい種類のもので、実際潤もテーブルに近寄ったものの、なかなか声をかけられないでいた。

しかしふと顔を上げた泰生が潤を見つけ、不機嫌《ふきげん》そうに顔をしかめて開口《かいこう》一番に言ったのだ。

「遅ぇぞ」

と。

「遅れて、ごめんなさい」

慌てて潤は謝ったが、口で言うほど泰生は機嫌が悪いわけではないようで、本を閉じるとすぐに立ち上がってきた。

そのすらりとした長身を、潤は驚きと羨望《せんぼう》をもって見上げる。

潤には高いと思える店の天井が、この男の目にはどう映っているのだろうか。

泰生と向き合うと、その身長差にまるで自分が子供にでもなった気がした。

「何ぼんやりしてんだ?」

メガネを外して近寄ってきた泰生に顔を覗《のぞ》き込まれる。

ほの暗い店内を飾るシャンデリアのせいだろうか。照明を受けてきらきら光る瞳が、赤橙《せきとう》

色《しょく》の明かりの海に浮かぶ黒い宝石のようだと思った。

「おい？」

重ねて聞かれ、ぼんやりしていた潤はついそのまま口を開いていた。

「目が黒い宝石みたいできれいだなって……」

潤の言葉に、泰生は呆気にとられた表情をする。しかし次の瞬間、大きく噴き出した。

「おっまえ、おれをクドいてんの？」

「クドくって、そんな——っ」

「だってそうだろ。真面目《まじめ》な顔でそんなことを本人に向かって言うのってありえねぇ。それとも、とんでもない天然か？」

本格的に笑い始めた泰生は店中どころか店の外の人間からも注目されていた。

「泰生さん。もう笑わないで…静かにして下さいっ。ここお店なんですよ」

潤は泰生の笑いを収めようと声をかけたが、泰生はそれさえ笑いの材料にしてしまう。

店のギャルソンが神妙《しんみょう》な顔で近寄って来るのを見て、潤は眉を下げて唇を噛んだ。

「泰生さん……」

思いあまって泰生の腕を摑んで引っ張る。と、泰生の体は抵抗なく引っ張られてきた。それをいいことに、潤は泰生を外へと連れ出した。

「泰生さん、いいかげん笑うのはやめて下さい」

何とか人通りの少ない通路にまで連れてきた潤は、ほんの少しだけ語尾を強くする。

「んだよ、おれのせいだって言うのか？　自分のことは棚に上げて」

「棚にって――」

「でも、おまえも引っ込み思案《じあん》かと思ったら、なかなか情熱的なんだな。おれと手をつないで歩きたいだなんて」

ようやく笑うのをやめたかと思ったら、泰生はそんなことを口にした。意地悪そうに目を細めた顔は、まさしくいじめっ子の表情だ。

からかわれているのはわかっていたが、潤は顔を赤らめずにはいられなかった。

自分だって、人の腕を摑むなんてことができるとは思っていなかった。他人を恐れ、直接的にも間接的にも必要以上に関わらないようにしていたのだから。

休み時間さえ勉強ばかりしているようなクラスメートに囲まれているせいか、今まで友人という友人がいなかったせいか、潤は他人とコミュニケーションを取ることが苦手だった。今、こうして普通に人と向き合っていることが自分でも奇跡のようだ。

「また手をつなぎたかったら言えよ？　今度はちゃんと恋人つなぎしてやるから」

潤の視線を受けて、泰生は悪びれるどころかひどく楽しげに顔をほころばせる。

「ほら、来い」

ひらりと身を翻《ひるがえ》して歩き出した泰生が、その急な動きについて行けず取り残された潤を振り返った。

「さっきの顔、いいな。おまえ、今みたいな顔をずっとしてろ。昨日、本屋にいたおまえの目はまるで死んだ魚みたいだったぞ」

昨日は確かに少しぼうっとしていた気がする。けれど、その喩《たと》えはどうなんだろう。

潤は情けないような気がして泰生を見た。

「あの、泰生さんはモデルをしているんですよね。昨日、姉が見ていたファッションショーの映像で泰生さんを見つけました」

「へぇ、そりゃまずいな」

潤がきっかけになればと無理やり引き出してきた話に、泰生は眉を寄せる。

「え？」

「おまえ、昨日のこと話したの？」

真面目な顔で泰生が見下ろしてくるから、潤は慌てて首を横に振った。

「んじゃ、これからも何も言うな。ケーバンも渡すんじゃねぇぞ？　ショー映像にチェック入れるような女には近寄りたくない」

「でも、あの――」

玲香は泰生のことを友人だと言っていた。ファンとかではないはずなのだが。潤はそれを伝えようかと思ったが、実際姉が泰生とどれくらいの友人なのかは潤も知らないのだ。

思い直した潤が素直に頷くのを見て、泰生はやっと笑った。

「よし。それより、おれに『さん』づけはやめろ。背中が痒《かゆ》くなるぜ。泰生って呼べ」

「そんなことできません」

とんでもないことを言われて、潤は大きく首を振る。

「泰生さんは年上だし、おれが呼び捨てなんてできません」

「やだね。呼ばれるおれが嫌だって言うんだ。言うことをきけよ、年下ならな」

揚げ足を取るような泰生の言葉に、潤は眉を下げる。

「でも、できない……です」

礼儀にはうるさく言われて育ってきたのだ。祖父母の言いつけは、潤の深い部分にしっかり根付いていた。

困り果てて、潤は唇を噛む。

「――おまえ、可愛《かわい》いな。周りには絶対いないタイプだ。気に入った、これからも呼び出すからちゃんと出てこいよ?」

「泰生さんっ」

人の困る顔を見て喜ぶというのは少々趣味が悪いんじゃないだろうか。

潤がたまらず泰生を睨むと、その顔がにやりと笑った。

「それから、今から『さん』づけはペナルティな。早速《さっそく》ひとつ、と」

泰生がその長身を折り曲げて顔を近付けてくる。気付いたとき、泰生の唇がこめかみに触れていた。

「ひゃっ」

温かい感触に、潤は思わず悲鳴を上げて泰生を突き飛ばしていた。

「しっ、信じられない。信じられない。信じられないっ」

顔を真っ赤にする潤に、目の前では案の定、泰生が笑い転げている。

「おまえ、パニクると三回同じことを言うんだ? 昨日も確かそんなふうだったよな」

「知りませんっ」

今までこんなにパニックを起こしたことなどないのだ。自分がとっさの時にどうなるのか、自身でさえ知らないのだからとふてくされた気持ちになった。

潤は泰生を睨みながら、さっきの感触を消そうとこめかみを何度も手の甲で擦《こす》る。

「あ、ひでぇな。おれの愛を消してるよ」

「愛って、冗談《じょうだん》はやめて下さい」

「冗談じゃねぇよ。おれ、男もいけるぜ？　バイだからな。あ、バイってわかるか？　男も女も好きってこと。だからおまえも、おれにとっては恋愛対象になんのよ」

　その言葉を聞いてぴしりと固まってしまった潤に、泰生は心底楽しそうに唇を引き上げるのだった。


　一体、泰生は何のために自分を呼び出したのだろう。

　何軒ものインテリアショップを連れ回されたせいですっかり疲れてしまった潤は、カウンターのスツールにへなへなと座り込んだ。

　両壁にたくさんのチラシが貼られ、さらには剝《は》がれかけている薄暗い階段を下りた先にあったのは、高い天井に大きなシーリングファンが回るカフェバーだった。

　奥でダーツに興じている客が数人いるだけの古めかしい空間は、潤にとっては何もかもが珍しいものだらけだったが、それに興味を持つより今は疲れの方が勝《まさ》って、ぐったりテーブルに懐《なつ》いている。

「なーんでおれからそんなに体を離して座るんだよ」

泰生の隣の椅子に座っているが、潤の体が微妙に引けているのに気付いて、泰生が顔を寄せてくる。

もう数時間前のことなのに、泰生のからかうような声を聞くとあの温かい唇の感触が蘇ってくるような気がして、潤はこめかみを神経質に擦った。顔が熱くなる。

「自己防衛です」

潤が恨めしい気持ちで口にすると、泰生が小さく噴き出した。

「さっきから、おれに近寄って来ねぇと思っていたのはそのせいか。おれのバイ発言に、ここまで本気にして行動に移られたのは初めてだぜ」

ひどく楽しげな泰生の言葉に、潤は目をむく。

「冗談だったんですかっ」

あのキスも、バイ発言もからかいのネタだったのかとぐっと見据えると、泰生は意地悪そうに笑って今度は否定も肯定もしない。

ずっと悩んでいたのにっ。

「からかうのはやめて下さい」

今まで以上に疲れが押し寄せてきた気がして、潤は呻《うめ》くように呟いた。

「楽しいよな。おまえって、人の言うことを軽く受け流すとか、冗談でごまかすとか、できない人間なんだよな」

泰生がなにげない調子で言ったそれに、潤の胸はズキリとした。

生真面目すぎるとか冗談も通じないとか、今まで何度も聞いてきた言葉だ。言われ続けて慣れているはずなのに、時に今日のように、少し重く心にのしかかってくることがある。

「別にそれが悪いなんて言ってねぇだろ」

「わっ」

苦笑するような声と同時に、ふいに肩に重さがかかってきた。顔を上げると、隣に座っていた泰生に肩を抱かれていた。

「そんなしょぼくれた顔をすんな。まるでおれがいじめたみたいじゃないか」

「……さっきからずっといじめているじゃないですか」

顔を覗き込まれ、躊躇《ちゅうちょ》なく目を合わせてくる泰生から潤は慌てて視線を逸《そ》らす。こんな奔放《ほんぽう》な振るまいをする泰生にどんな態度を取ればいいのかわからなかった。

「お、言うじゃねぇか」

くくっと喉で笑っている泰生が本当に恨めしくなる。

「いいんだよ、潤はそのまんまで。そういうのは誠実って言うんじゃねぇの？　おれは好きだぜ。何でも軽く受け流して上辺《うわべ》だけ楽しそうにされるよりよほどいい」

それを言う泰生の声がひどく優しく聞こえて、潤は心臓が震えた。

淡い光のもとで深い陰影を描く泰生の顔にもう一度視線を戻すと、それを待っていたように泰生がにやりと唇をめくる。

「――というか。おれが楽しいよな、いじめがいがあって」

「お、おれはあなたのおもちゃじゃありませんっ」

せっかく胸を熱くしていたのに、と悔《くや》しくなって潤は思わず声を上げていた。隣では、やはり泰生がくつくつと笑っている。

「安心しろ、男も恋愛対象なのは本当だが、ガキは対象外だ――今のところはな」

それでも、最後にはそう言ってくれたのだが。

「珍しいな、タイセイが制服姿の子を連れているなんて」

二人の会話が一段落したタイミングをぬって、ひげ面のマスターが二人の前にグラスを差し出してくる。

「おい、こいつに酒は出すんじゃねぇよ」

それをすぐに泰生に取り上げられた。

「そっちはアルコールは抜いてあるよ」

苦笑するようなマスターの言葉に、泰生がグラスに鼻を近付ける。ついでに口をつけて、ようやく潤に返してくれた。

歩き疲れて喉も渇《かわ》いていたから飲んでもいいのかと泰生を窺《うかが》うと、好きにしろというように顎《あご》でしゃくられた。

ミントの葉がたっぷり沈んだグラスに口をつけると、潤は一気に半分ほど飲み干してしまった。

「美味《おい》しい」

「だろ？　このマスターが作るメシがまた意外とうまくてな。日本にいるときはよくここに通ってんだぜ」

泰生は自分のことのように店の自慢話をする。

「意外は余計だ。けどタイセイって、見た目は派手だけど私生活は案外地味だよな。自己管理がしっかりしているというか」

「地味って何だ。黙ってろ、オヤジ」

「トップモデルの行きつけの店が、こんな小汚《こきたな》い店だぜ？　おかしいだろ、ホント」

「自分で小汚いって言うか？」

マスターとのかけあいのような会話が楽しくて、思わず潤は笑いがこみ上げる。グラスにアルコールなど入っていないはずなのに、フワフワと体が浮き立つように楽しかった。

自由奔放でもっとちゃらんぽらんしているかと思ったら、未成年には酒を飲ませるな、なんて真面目な一面も見せる。

からかわれて慌てる潤を面白《おもしろ》がるくせに、潤がコンプレックスに思っていたことを誠実だとあっさり一刀両断《いっとうりょうだん》したりする。

知れば知るほど泰生という人間がわからなくなるが、それでも今日一日で昨日以上に好感度が上がった気がした。

潤は口に入ったミントの葉を噛みつぶしながら、まだ会話を続けている泰生をそっと見つめた。


家族やクラスメート、教師達とも違う泰生と会うのは、回数を重ねるごとに楽しくてたまらなくなっていく。

十日ほどの間に、潤は泰生にもう三回も呼び出されて会っていた。最初は塾をサボることになるからと躊躇していたが、今では受講科目を減らして会う時間を作るなんて積極的なことまでやってしまっていた。

泰生みたいな男になりたいとは思わないけれど、泰生のような人間にはやはり憧れめいたものを抱く。子供のように何にでも興味津々《きょうみしんしん》で、かと思ったら大人の顔で潤をあっという間に知らない世界へと連れて行く。

何より、泰生と一緒にいると時間が瞬《またた》く間にすぎていくのだ。

からかわれたり、いじられたりすることも多いが、感情の揺れ幅が少ない人間だと思っていた自分の中に、怒ったり拗《す》ねたり喜んだりというような豊かな情が眠っていたことが新鮮で、また嬉しかった。

ただ潤からしてみれば、どうして泰生が自分をこうも度々呼び出すのかが不思議でならない。もっとも『今、ちょっと暇な時期』で潤が『周りにはいないタイプ』だから面白がっているだけなのかもしれないが。

「泰生さ――」

書店で探し回ってようやく見つけたひときわ長身の男は、建築のコーナーでムック本を広げていた。その背中に呼びかけようとして、また『さん』づけしてしまいそうになった潤は慌てて口を押さえたが、潤に気付いて振り返った泰生は嫌な笑みを浮かべている。

「ペナルティな」

やっぱり聞こえていた……。

「最後まで言ってないから無効です」

「いつからそんな生意気なことを言うようになったのか、この口は」

本を棚に戻して近寄ってきた泰生は、両手で潤の両頬をつまむと、むにっと引っ張る。

「っ……ひょっひょ！」

「いつも名前を呼ばないよう、『あの』とか『ちょっと』とかでごまかしているのをおれは知ってんだぜ」

ぎょっと目を見開いた潤をニヤニヤと泰生が見下ろす。

「やることなすこと可愛いんだよな、おまえは。だからもっといじめたくなって困るじゃないか」

長身の見栄《みば》えのいい男が学生をからかう姿に人の目が集まってくる。その視線も恥ずかしいし、子供のように小手先《こてさき》で扱われている今の自分も恥ずかしくて睨みつけると、さらに泰生の笑みが深くなっていく。

引っ張られている頬が変に熱いのは気のせいだろうか。

周りの視線を集めに集めたあと、それによってさらに慌て出す潤を楽しむように顔を近付けてくる。引きつった顔で首を振ろうとするが、頬が固定されていて動けない。

「ひゃや、ひゃやっ」

が、潤の必死の訴えもむなしく、鼻先に派手な音を立ててキスが落とされた。

「んひゃっ」

耳目を集めていただけに周囲が大きくどよめいた。潤は恥ずかしさに泣きたくなって渾身《こんしん》の力で泰生を突き飛ばすと足早に歩き出した。

「潤、何怒ってんだよ。こら、潤」

書店を出てエスカレーターを降り、ファッションビルの通路を駆け足に近い速さで通り抜ける。後ろからは、歩幅が違うのか悔しいことにやけにのんびりとした歩調で泰生がついてきていた。

しかも、『じゅーん』だなんて、まるで小さい子供の機嫌を取るような呼び方だ。いや、時々電車の中で見かける恋人を宥《なだ》めるような甘やかさでもあって、またそれに思いいたる自分が恥ずかしくて顔を覆《おお》いたくなる。

こんなふうに構ってもらったことがないから、どうすればいいのかわからなかった。

勢いよくガラスの扉を押して外に出たとき、しかし、外の光がまともに目に飛び込んできた。

「っ……」

暗めの照明が施《ほどこ》された空間からいきなりまだ日も落ちない外に出たせいもあるが、潤は自分の色素の薄い瞳がひどく光に弱いことを自覚している。いつもは気をつけていたが、今日は感情が昂《たかぶ》っていてそんなことに気付きもしなかったのだ。

「——……ぅ」

「おい、潤。どうした」

目の奥がじんと染みるような眩しさを感じて思わず手をあてた。涙がにじんでくる。

「目？　何か入ったか。コンタクトか？」

「違う、光……でも、すぐ治るから」

真っ白に焼けた視界に平衡感覚がおかしくなるが、少ししたら治ることは経験上わかっていた——が。

「おまえには眩しいか。でも我慢《がまん》なんかすることねぇだろ。ほら、こっち来い」

泰生から叱るように言われたあと、建物の中へと引っ張られた。ようやく暗くなった視界にほっとして体の力が緩む。

「大丈夫《だいじょうぶ》か、サングラスは持ってるんだろ？　日頃からかけてろよ」

涙を拭っている潤を、周囲の人目から隠すように泰生が盾《たて》になってくれていた。

「サングラスは持っていません。おれには、必要ないから」

「必要ないって、おまえ何言ってんの？　今あんなに眩しがっていたくせに。おまえ、瞳の色が薄いから外出にサングラスは必須《ひっす》だろ。持ってないなら今から買え」

「いらないです、あんなの。おれには必要ない」

「何で必要ないか言ってみろ」

頑《かたく》なにいらないを繰り返す潤に、泰生は声音を変えた。普段のふざけた色の抜けたそれは、潤を少し怯ませるほど迫力があった。

「だって、あんな目立つものをかけるなんて、人が見る……」

「おまえ、いつも人の目ばっかり気にしているよな。そんなに人目が怖いか？」

プライドを挫《くじ》くような発言に頷くことは屈辱《くつじょく》に近かったが、それでも潤は口を開く。

「おれは人とは違うから。目立っちゃいけないんです」

「目立つのがなぜいけない？」

目立ってはいけない。人と違う自分は恥ずかしいこと。

潤がこれまでずっと言われ続けてきたことだ。けれど、なぜ目立ってはいけないかなんて、考えたことはなかった。

潤が答えられずにいると、泰生が少し口調《くちょう》を和《やわ》らげる。

「あぁ、わかった。質問を変えよう。目立つなと誰に言われたんだ？」

「───皆に」

「皆って、誰だ？」

泰生の質問は容赦《ようしゃ》ない。

「祖父母やお手伝いの人。親せきの人もだいたい同じことを言う」

「何で、おまえのジーサンバーサン達はそんなことを言うんだ？」

「母が外国人だから。格式高いあの家に、異質のおれなんかがいてはいけないんです。許されることじゃない。だから、これ以上目立つようなことは……」

「───なるほどね」

ようやく泰生の鋭い視線が外れてほっとする。御影石《みかげいし》の壁に背をもたせかけ、泰生は気にくわないように鼻の頭にしわを寄せる。

「おれの家もちょっと似たようなものだから、身につまされるな。いや、おれのオヤジがその格式の高いって家の出で、形式ばっかり重視するような親せき達がうるさいのなんのって。そうか、おまえんちもそうか」

納得したように頷いていた泰生だが、でもな、と声音を変えて潤を見た。

「その年じゃまだわからないかもしれないけど、人の物差しで測られたものを鵜呑《うの》みにするんじゃねぇよ。異質上等、おまえのそれは個性って言うんだぜ。ハーフだろうがダブルだろうが、おまえはおまえじゃないか」

「でも……」

「——もしかして。おまえ、自分がハーフなのが嫌だったりするのか？」

その問いに潤はしばしの沈黙《ちんもく》のあと頷く。

ハーフじゃなかったらもっと楽に生きられたかもと思うときがある。

泰生はそんな潤に呆れた視線を向けた。

「一番大事にしてやらなきゃならない自分が、自分のことを嫌ってどうするよ？　おまえがその姿形を持って生まれたことは、すげぇ奇跡なんだぜ？」

そう言われると、潤は不思議な気持ちになる。

「実際、書店でおまえのことを助けられたのだって、その顔を持っていたからだ。きれいな面して死んだ魚のような目をしてるなって、気にして見てたから」

困惑する潤を見て、泰生は苦笑した。

「じゃさ、こう考えろよ。おまえは自分のことが嫌いで恥ずかしいと思っているかもしれないけど、その顔はおれが好き。人形みたいに小さな顔もこぼれ落ちそうな大きな目も、鼻はちょっと低いけど、それがまたアンバランスでおれはすげぇ好きだぜ」

潤が呆然《ぼうぜん》と見上げるのに、泰生は笑って頷く。大きな手が伸びてきて、潤の頬を固定する。

今までになく間近で見下ろされ、人と目を合わせないようにしてきたことも忘れて、潤は黒々と濡《ぬ》れた泰生の瞳を見上げていた。

「おれはモデルだぜ？　しかも世界中で活躍するトップモデルだ。そのおれがおまえみたいにきれいな顔は滅多にないって言うんだ。髪もこんな真っ黒に染められてなければ、どんなきれいな色をしているか。何よりこの瞳。ミルクティーみたいなブラウンなのに、光の加減でグリーンにも見えるんだな」

大きな手が、潤の顔を左右に斜めにと動かす。

「こんなきれいな目を人に見せないっていうのはもったいねぇけど、まぁいいや。おれが知ってればいい。でも、おまえはもっと自分を受け入れろ。そうじゃないと自分が可哀想《かわいそう》だろ。それに、おまえを気に入っているおれにも失礼だ」

せっかく感動していたのに、最後の言葉には思わず噴き出していた。

小さな笑いがいつまでも止まらなくて、涙が出てきて困る。

「おい。失礼だろ、潤」

あふれてくる涙を何度も拭って、ようやく顔を上げる。

今、潤は泰生の顔を見たいと思った。自分の顔を好きだと言ってくれた泰生の黒い瞳を見たくてたまらなかった。

何だか奇妙に胸が熱くて苦しい――…。

「おまえ、泣き虫なんだな」

「こっ、これはあんまり笑いすぎたから」

目元の赤みをからかわれ、潤はムキになる。

泰生といると自分が自分でなくなる気がするが、こんな自分は、案外嫌いじゃないと潤は思えた。

「それと、サングラスは絶対買え。おまえみたいに薄い色の目は光に弱いんだ。自分を守ってやれるのは自分だけなんだから、もっと自分を可愛がってやれ」

「――はい」

今度の言葉には潤は素直に頷いた。

「よし、その返事に免じておれがサングラスを買ってやるよ。遠回りだが、地下街を通っていくぜ」

そう言いながら泰生はもう歩き出していた。その背中を追いかけ、追いついた潤は隣に並ぶ。

「サングラスは自分で買います。今日はお金を持ってないから買えないけど。でも今度選んで下さい」

「面倒くせぇ。思いついたときにおれはやりたいんだよ。行くぞ」

「でもっ」

「ったく、変なところで強情《ごうじょう》なんだから。じゃ、金は今日のところは貸しといてやる」

乱暴に泰生は言うがその声は優しくて、潤が自分からサングラスを買うと言ったことをひそかに喜んでくれているような気がした。

この人と知り合えてよかった。

潤はつくづく思った。


自分だけなら絶対入らないようなメガネショップで、潤は泰生の見立てを半分ほど取り入れてサングラスを購入した。

柔らかいグリーンとブラウンが混じり合ったフレームを潤は派手だと思ったけれど、泰生が絶対これだと譲らなかったものだ。が、実際に顔にかけてみると、意外に自分の雰囲気にしっくりなじんでいる気がする。

ブラウンの偏光レンズを通した外の世界は、しかし今までよりも明るく感じた。

「やけに繊細《せんさい》な顔になるな」

泰生はそう評したけど。

「よし、んじゃ行くぜ」

けれど店を出たとたん、泰生が知り合いらしい中国人女性に捕まってしまった。

一緒にいると、泰生がよく声をかけられることに最初潤は驚いた。てっきり泰生のファンかと思ったが、彼らはいざ泰生を前にするとそのあでやかなオーラに圧倒されるのか、ただ遠巻きに見ていることが多い。

実際泰生に声をかけてくるのは『自称知り合い』という人間だった。泰生に言わせると、仕事先で一度すれ違っただけの人間もいるのだという。そのせいか、声をかけられても毎回泰生は冷淡に切り上げるのだった。

そんな光景に、前に泰生が言っていた言葉を思い出す。派手な仕事をしているから近寄って来る人間には警戒している、と。こういうことがあるからか、と潤は泰生と行動を共にするようになって実感したことだ。

が、今泰生と話をしている女性は本当に彼の友人らしい。しかも驚くことに、その中国人女性と泰生はネイティブスピーカーのごとく中国語で会話をしていた。

ようやく話が終わって戻ってきた泰生に、潤は思わず口を開いていた。

「びっくりしました。中国語、しゃべれるんですね」

「傍《はた》から見るほど、実際うまくはないんだけどな。今のは先生だ。週一で習ってるんだ」

泰生が潤の肩に腕を回して歩き出す。

肩を抱くのはここ最近の泰生の癖で、潤が何度嫌がっても泰生はそれをやめない。どうやら、潤の肩の高さが泰生の腕を置くのにちょうどいいらしい。

「仕事で中国に行くんですか？」

特別珍しくはないけれど、普通であればあまり使わない言語ではないかと思うのだ。

サングラス越しの淡いブラウンの視界で、泰生は何でもないことのように肩を竦めた。

「最近、あっち系のデザイナーも台頭《たいとう》してきてな。ま、使わないかもしれないけど、相手が何を言っているのか、通訳を通さなくてもわかれば便利だろ？」

当然とばかりの泰生の言葉に、潤は驚愕《きょうがく》して見上げる。

「もしかして、他にもしゃべれる言葉があるんですか？」

「あ？　まぁ多少な」

泰生が上げたのは五ヶ国の言語だった。

「モデルって、そんなに話せないとダメなんですか？」

「だいたい英語が話せりゃすむけど、デザイナーと意思の疎通《そつう》を図るために、やっぱその国の言葉が話せるのが最強だろ」

「そういう心がけも必要なんだ。華やかなばっかりだと思っていたのに」

「華やかでも何でもない。暑いときに毛皮を着なきゃならねぇし、寒いときに下着一枚のことだってある。朝は早いし、摂生《せっせい》は不可欠だし」

潤は改めて、泰生の仕事に対する姿勢に驚かされていた。

本当にちゃらんぽらんなんかじゃない。

仕事に対してはどこまでも真摯《しんし》だ。

「確かに、夜遅いとカロリーの高いものやアルコールは口にしませんよね」

思い出して潤が口にすると、泰生がよく見てるなと驚いたように見下ろしてきた。

「モデルの仕事を愛しているんですね」

が、続けて潤が言ったそれに、泰生は何とも言えない表情を浮かべる。虚《きょ》を衝《つ》かれたような、呆れているような、照れているような。

「――くせぇセリフ。おまえよくそんなセリフが口にできるな。恥ずかしくねぇの？」

「そっ……」

泰生に指摘されて潤は顔を赤くする。そんな潤に、泰生はゆっくり目を細めると唇を引き上げた。

「でも、それが潤なんだよな。おれもそこが気に入ってるところかもしれねぇ。いいよ、おまえはそのまんまでいな」

そしてひどく機嫌よさげに、潤の肩に回す腕に体重をかけてくる。

「けどさ、おまえがおれのことに興味を持つなんて初めてじゃねぇ？」

「お、重い……」

潤は顔をしかめながらも、そういえば、と少し擽ったい気持ちになった。

今まであまり他人に興味を持ったことはなかったのに、泰生のことはもっともっと知りたいと思うのだ。

「記念に、今度おれのカッコイイ姿を見に来い。スタジオに連れてってやる」

泰生はそう言うと潤を引っ張るように歩き出すのだった。


「お、来た来た」

数日後、潤は泰生に言われたスタジオの前に立っていた。

午前中に行われた模試を終わらせてすぐに駆けつけたのだが、普段乗り慣れない路線で手間取ったせいで約束の時間から少し遅れてしまった。けれど最寄《もよ》り駅でメールを入れたからか、入り口まで泰生が迎えに来てくれていた。

「遅くなってすみません」

泰生が仕事をする姿を生で見るのは初めてで、普段屈託なく接してくる泰生がどんなふうなのか、潤はとても楽しみだった。

「おれさまを入り口まで迎えに来させるなんて、おまえ、なんてぇＶＩＰだよ」

そんな潤を見て、まるで潤の気持ちが伝染したみたいに泰生の顔もふわりとほころんだ。

「ばーか、こんなところに制服で来んじゃねぇよ」

少し照れたようにも見えるその表情で、泰生が自分が着ていたジャケットを脱いで潤の肩にかける。泰生の温《ぬく》もりとオリエンタルな香りが残ったそのジャケットに、潤の胸は小さく音を立てた。

薄手の半袖《そで》シャツを通して、泰生の大きな体に抱かれているような感じがしたのだ。

心がざわざわと落ち着かない気分だった。

「おまえって、反応がいちいち可愛いよな」

それが表情に出ていたのか、泰生が楽しそうに潤を腕の中に抱き込む。

「今どき女子中学生もしないような顔をしてどーすんだよ。そんなにおれを意識してくれるなんて嬉しいぜ」

「ち、違いますっ」

「あぁ、可愛い可愛い」

顔を真っ赤にして腕を振り回すのに、泰生にとってはそんなことも子供をあやすような容易《たやす》さなのだろう。潤を抱き込んだまま歩き出してしまった。

この人は本当にスキンシップが激しいと潤は困惑する。

構い倒すという勢いで潤を懐《ふところ》に入れる泰生には、何度会っても慣れることはない。

しかし、構えもなくごく自然に伸びてくる泰生の腕に、触れる肌に、つい潤も当然のように受け入れてしまう瞬間があるのには不思議だった。それを許してしまうような雰囲気が、泰生にはあるのかもしれない。

泰生がスタジオだと言って開けた重い扉の向こうには、どこかの屋敷から持ってきたような、部屋を半分ほど切り取ったセットがあった。深い紫のビロード生地《きじ》のソファが印象的な暖色系の空間だ。

「おれはすぐ撮影に入るから、こいつにくっついてろ。いいか、変なやつについて行くんじゃねぇぞ」

泰生はそう言うと、スタッフのひとりに潤を任せて歩き去っていく。

それを見送ってしばらく、真っ白のシャツにジャケットをはおった泰生が戻ってきた。

六月に入ったばかりでこれから夏に向かうというのに、ジャケットの中にはウールのマフラーらしきものが見えて驚く。

周りをたくさんのスタッフに取り囲まれているが、泰生は大勢の中でも決して埋もれてはいなかった。どころか、照明が落とされた空間で、なぜか泰生だけが潤の目にストレートに飛び込んでくる。

「あの、これって何の撮影ですか？」

潤に付き添ってくれていた男は、スタッフのひとりではなく自《みず》らもモデルの卵だった。泰生の付き人として自ら立候補しているという。

あまりしゃべらない人かと思ったら、泰生のことは尊敬しているそうで、聞くとたんに口が滑《なめ》らかになる。

「八月に店頭に並ぶスチール撮《ど》りだよ。日本のブランドとはほとんど仕事をしないタイセイさんだけど、このブランドは親関係で断れなかったらしい」

「親関係？」

潤がわからず首を傾《かし》げると、男が何にも知らないんだなと眉を上げた。

「あの人の母親はアパレル業界でも有名なデザイナーなんだ」

男が口にした名前は、その方面に詳《くわ》しくない潤でも耳にしたことがあるものだった。

「環境に恵まれていて、親の七光《ななひかり》だって言うやつもいるけど、本当は違う。確かに、あの顔にあのタッパは恵まれているけど、その他にもタイセイさんは努力しているんだ。だから、今の成功がある」

男の言葉に潤も頷く。

泰生がモデルという仕事を愛し、努力しているのは潤も知っている。

先日、潤が泰生の仕事に興味があるのを知ってから、彼は色んなことを話してくれた。

モデルの仕事のことを口にするとき、泰生の目はきらきら輝いていた。ランウェイと呼ばれるステージ上を歩くのがどれほど気持ちいいのか、大きな身振りを交えて教えてくれた。そこに立つため、多くのモデル達と切磋琢磨《せっさたくま》していることも。

しかし泰生はそれ以上は言わなかったけれど、そのために潤が想像もつかないほどいろんな努力をしているのだろう。デザイナーとコミュニケーションを図るために外国語を習得しているように。

そんな、泰生が心から愛している仕事の現場に、潤は今いるのだ。そう考えると、高揚感で胸が大きく波打つようだった。

男と話している間に、撮影が始まっていた。

ビロードのソファに寝そべるようなポーズで、泰生がカメラに向かっている。

「もう少し前に行って見ればいい」

潤が身を乗り出していると、男が撮影にジャマにならない程度まで誘導してくれた。

「もう少し右に視線を……そう」

険《けわ》しいような表情で、泰生はカメラを睨んでいた。

泰生の、眉根の辺りに微かに険呑《けんのん》な相が現れる。漆黒の瞳が眇められ、鋭い光が宿った。

潤の知らない泰生の顔だった。

睥睨《へいげい》する支配者の傲慢《ごうまん》さに満ちあふれた表情は凄《すご》みがあって、圧倒されるように潤はうまく息も継げない。自らの肌があわ立っていることにさえ潤は気付けなかった。

言葉はかからなかったが指示があったのか、泰生がけだるげにわずかに首を巡らす。そのほんの少しの動きに、潤はびくりと体を揺らした。

目が逸らせない――――。

カメラのシャッター音なのだろう。電子音ばかりが盛んに鳴り響く空間で、潤はただただ泰生だけに見蕩れていた。

我に返ったのは泰生に声をかけられてからだ。その間、何着か服を着替えて撮影が行われていたのだが、潤は身動きもできなかった。

「おい、潤? 何呆《ぼ》けてるんだよ。撮影は終わったぜ?」

頭に大きな手が置かれ、ぐいっと強い力で仰向《あおむ》かされる。

今までカメラの前でポーズを取っていた男が目の前にいた。その顔に先ほどの撮影の名残《なごり》はなかったけれど、表情豊かに輝いているのもあでやかだと潤は夢中で見上げた。

柔らかなドレスシャツをはおり、濡れたようなつやを見せる髪をゆるく後ろへ流した泰生の姿は、まるで夜会《やかい》を終えたどこかの貴公子のようにエレガントでセクシーだった。

わずかにけだるげな陰影を見せる瞳は、しかし仕事をやり遂げた充実感に柔らかくほどけている。

「感想は？」

潤の視線を搦ったそうに受け止めて、泰生が嫣然《えんぜん》と笑う。

「かっこ、よかった……」

潤はつめていた息を吐き出すように言った。

胸の中であふれていた興奮がようやく出口を見つけてこぼれ出てきたみたいに、その声音がやけに熱かったことが言ったあとで恥ずかしくなる。

しかも、その感想は小学生並みに芸がない。

けれどいつものようにからかうと思った泰生が、目元をさっと赤く染めたから潤は驚いた。

火傷《やけど》したように潤から手を離し、二歩三歩と後ずさる。

「泰生さん……？」

潤は思わず瞬《まばた》きを繰り返した。

おしゃべりとまではいかないけれど口数は多い方である泰生なのに、今、泰生は呆然と潤を見つめたままひと言も口をきかなかった。何か大きな衝撃に見舞われているみたいに息さえひそめたまま――。

「あの、泰生さん？」

そっと声をかけると、その双眸《そうぼう》にじわりと熱が浮かんできたから潤はどきりとした。

それにともなって、ゆっくり泰生の表情も変わっていく。内で生まれた感情に身を委《ゆだ》ねたみたいに泰生の顔に生き生きとした表情が戻ってきた。

静かだが、狂おしいほど熱情を瞳に滾《たぎ》らせて、色香したたる男の顔で潤を見つめてくるのだ。

その瞳は、言葉より雄弁に泰生の内にある激しい何かを伝えているような気がした。それが何なのかは潤にはわからなかったけれど。

「泰生さん……っ」

しゃべって欲しかった。

いつもみたいに意地悪なことでもいい。

何か言って欲しかった。

潤が思わず声を出してしまったほど、無言で熱い眼差しを送ってくる泰生が怖かった。胸がドキドキして苦しくて、何か思わぬことを口走ってしまいそうで――。

「……ヤバイとわかってても絶対手放せないなんて思っちまうって、やっぱマジだよなぁ」

眉を下げる潤を見て、泰生はようやく眼差しを伏せて微笑《ほほえ》んでくれた。

わずかに苦みも混じったそこに、けれど今までにない甘い色香が見えたのは気のせいだろうか。

「行くぞ」

泰生が未だどぎまぎしている潤を促《うなが》し歩き出す。

「どこに行くんですか?」

「終わったから帰るんだよ。ここに置いといて誰かに攫われでもしたら業腹《ごうはら》だからな。着替えるのに付き合え」

通路を歩いてすぐにあった、泰生の名前が貼られた控え室らしき部屋に連れ込まれた。テーブルを飾る豪華なフラワーアレンジメントに目を奪われていた潤に泰生がのたまう。

「が、その前にペナルティだ」

ぎょっとする潤だが、そういえば、さっき泰生を『さん』づけで連呼《れんこ》していたか。

窺うようにそっと泰生を見上げると、ネズミを追いかける猫のように、瞳にひどく楽しげな光を浮かべていた。

「潤、覚悟はできてるな？」

「できてませんっ」

潤が叫ぶと、泰生の表情が一変する。

残酷なまでに楽しげだった笑みが、柔らかく甘やかなそれへと変化する。少し厚めの唇がゆるくカーブを描き、官能的な色を浮かべた。

そのままゆっくり歩を進めてくる。

訳のわからない迫力に押されて潤は震える足で後ずさるが、すぐに背中が壁に当たった。

なぜだろう。ペナルティなんて今までも何度も受けてきたのに、今日の泰生はどこか違う。

遊びと本気、そのくらい迫力が違った。

ペナルティに遊びも本気もないのに。

追いつめられた潤を、舌なめずりする獣《けもの》のように泰生が見据える。顔の横に両手をついて、そのまま壁に肘をつくようにゆっくり顔を近付けてきた。鼻先が触れるくらいのところでようやく泰生は止まった。

「三回のペナルティだったな？」

確認を取られても、潤は呪縛《じゅばく》されたように少しも動けない。

「一回唇にキスするのと、三回頬にキスするの、どっちがいい？」

誘うように泰生の鼻先が潤のそれに触れて、思わず体が震えた。まるで今のそれこそが唇に口付けられたみたいに体が熱くなる。

唇にキスなんて冗談じゃない。

そう思うのに、泰生の熱っぽい眼差しに見つめられると自分の気持ちがあやふやになって焦った。

男相手の恋愛なんてあり得ないと思っていた。自分はバイだと口にして、泰生はいたずらにキスしてきたりするのに、それを今まで潤は不思議と色恋沙汰《ざた》に結びつけたりすることはなかった。けれど、今日は違う。

泰生を、まるで異性を相手にするときのように意識していた。泰生の腕と腕の間で、初心《うぶ》な少女のように震えている。

「唇にキスだと一回で済むぜ？」

泰生に誘うように言われて、ふうっと息を吹きかけられる。熱い吐息《といき》が唇に触れて、潤はたまらず目を瞑《つぶ》った。

頭がいっぱいいっぱいで今にも気を失いそうだ。

ぎゅっと目を瞑ったまま、数秒――――。

「――仕方ねぇなぁ」

が、しかし唇へのキスは下りて来なかった。

やけに甘い声が聞こえたあと、チュッというキスの音と共に鼻の頭に唇の感触があった。

「信じらんねぇが、おれも相当キテるみてぇだし」

ようやく目を開けてみると、泰生は苦笑いして潤に視線を合わせてくる。

「潤はお子さまだからな。不本意だが、おまえに合わせてやるよ。このおれさまが、だ。ありがたく思え」

先ほどから泰生の口にしている言葉が潤にはまったくわからない。

疑問符がいっぱい並んでいるだろう潤の顔をしばらく楽しげに見下ろして、泰生はもう一度顔を近付けてきた。

「わっ」

派手なキスの音を立てて、泰生の唇が潤の目元に二回押し当てられた。

「覚悟しておけ。猶予《ゆうよ》はやるが、おれはよそ見は許さねぇからな」

ようやく解放された潤は、とうとう足の力が抜けてへなへなとその場に崩れ落ちてしまった。

サングラスをかけて、世界は変わるかもしれないなんて思ったけれど、実際の潤の周りは何ひとつ変わらなかった。

けれど、潤自身については以前と変わったのは事実だ。

視界がまばゆくて、いつも俯くか目を細めるようにしていたのが、今は自分がいつの間にか顔を上げていることに気付く。それまで見えていなかったものがどれほど多いのかということも潤は最近になって知った。自分の中にも外の世界にも。

すべては泰生と出会ったから――。

「泰生さん……」

潤は思わず名前を口にしていた。

不思議な男だ。

大人なのに子供のような心を持っていて、子供っぽいかと思ったら急に大人の顔をする。どこまでも奔放で潤を振り回すのに、それがちっとも嫌じゃない。

周囲にはいなかった泰生という男は、もしかしたらその存在自体が本当に珍しいのかもしれないと潤は最近思うようになってきた。

おとといの撮影のときは本当にかっこよくて胸が震えてしまった。今思い出しても頬が紅潮してくるようだ。

「……っ」

が同時に、控え室での泰生とのペナルティキスまで蘇ってきて、潤は恥ずかしさで思わず乱暴に足を踏みならしてしまった。

あれさえなければ……。

胸がざわざわと落ち着かない気がして、潤はそれを振り払うように勢いよく玄関のドアを開けた。

「ぁ……」

そこで今まさに出かけようとしていた祖母と行きあってぎくりとした。すぐに目線を伏せて口を開く。

「ただいま戻りました」

祖母に道を空けるため体を端に寄せたが、祖母はその場に立ったまま潤の顔を見ている。

そして――。

「そのメガネは何ですかっ」

祖母の癇癪声《かんしゃくごえ》にはっと顔を上げた。

しまった――…。

家に入る前に用心のためいつもはサングラスを外していたが、今日はずっと泰生のことを考えていたからすっかり忘れていた。

サングラスの偏光レンズが玄関の明かりに反応して薄く色付いているのがわかり、潤はぎゅっと眉根を寄せる。

「色のついたメガネなんて、あなたはまだ学生でしょうっ。色気づくのは早いですよ。最近ずいぶん楽しそうにしていますが、きちんと勉強はしているんでしょうね。学生は学生らしくなさい。とにかく、それは渡しなさい」

祖母の手がサングラスに伸びてきて、潤は思わず体を背《そむ》けていた。

これは取られたくない――っ。

「ぁ……」

が、我に返って潤が顔を上げると、祖母が信じられないと目を丸くしていた。今まで潤が反抗などしたことがなかったからだろう。

しかしすぐに怒りがこみ上げてきたのか、祖母の体がぶるぶると震え出す。真っ赤な顔で睨みつけてきた。

「こ、の恥知らずっ」

振り上げた祖母の腕を避《よ》けることはできなかった。

バンっとひどい音がして、サングラスがはじけ飛ぶ。同時に潤の体はふらつき、ジンと頬に痛みが走った。

「私に刃向かうなどどういうことですっ。あなたは誰に育ててもらっているかわかっているのですか、この私にですよ。私の言うことが聞けないなら出て行きなさいっ」

「お祖母さま」

いつにないひどい険相《けんそう》で睨みつけられ、潤の心と体は一瞬で竦み上がる。

「ここにはお情けで置いてやっているのに、その恩も忘れて私に逆らうなんて、なんて生意気なんでしょうっ。あなたもしょせんあの女の子供ね。いつもそうやって睨みつけていたわ。この格式高い橋本家に外国人の嫁はいらないと何度も言うのに居すわって、さらにはこんな恥知らずの子供まで産んでっ」

ヒステリーじみた興奮状態の祖母に使用人が飛んでくる。姉の玲香の姿もあった。

「あぁ、本当におぞましい。この橋本家にあなたみたいな異質な人間がいるなんて」

祖母の激しい憎悪《ぞうお》が、潤の心にシンシンと降り、積もっていく。

「覚えておきなさい。あなたは罪の結晶です。いてはいけない存在なのです。そんなあなたが逆らうなど絶対許されないことだと、しかと肝《きも》に銘《めい》じておきなさいっ」

永遠に続くかと思っていた叱責《しっせき》は、涼やかな声に遮《さえぎ》られる。

「お祖母さま――」

興奮状態の祖母に声をかけられる人間などひとりしかいなかった。いつの間にか玲香がすぐ近くに立っていて、祖母の腕に手を添えている。

「何ですかっ」

「ごめんなさい、お祖母さま。でも貴子《たかこ》おばさまから今お電話があって。もう、門の前に着いたそうです」

「まぁ。こんな邪魔《じゃま》が入ったから」

それを聞いて表情を変えた祖母が忌々《いまいま》しげに潤を睨みつけた。

「いいですか、今度私に刃向かったりしたら、即刻出て行ってもらいますからねっ」

そう捨て置いて、ようやく祖母が足早に歩いていく。潤は強ばったままそれを見送った。

「範子《のりこ》おばさまが亡くなったのよ。それでお祖母さまは気が昂っていらしたのね」

姉はまるで潤を慰《なぐさ》めるようにそう言った。

かねてより療養中だった祖母の親しい友人が亡くなったらしい。

そういえば、華やかな色を好む祖母にしては珍しく地味な色無地に羽織を着ていたか。

「あなたの？　珍しいわね、ずいぶんしゃれたサングラスだわ」

さっき祖母に叩かれたときにはじけ飛んだサングラスを、玲香が拾って渡してくれた。潤ははっとしてサングラスを確認するが、派手に飛んだわりには傷も入っていなくて安堵する。

「ありがとう」

礼を言う潤に玲香は肩を竦めて部屋に戻っていった。

いつものことだ。いつものこと……。

熱をもったような頬を押さえたまま潤はそう自分に言い聞かせるけれど、やけに胸の辺りが重たくて眉をひそめるのだった。


「ちょっと、嫌だって言ってますっ。そんなところに行きません」

「おれが行かないわけにはいかないんだよ」

いつものように泰生から呼び出されたのは、珍しく塾のある金曜日だった。

塾を休めないと言った潤の意向にしばらく沿ってくれていたのに、今日は塾を休めと言って泰生は強引に連れ出したのだ。

いつもとは違う目的のあるような確かな歩みの泰生に潤が行き先を問うと、とんでもない内容を聞かされた。泰生がメインモデルとして契約している外国ブランドの、ビルのプレオープニングパーティに行く、と。

「じゃぁ、勝手に行けばいいじゃないですか。おれを巻き込まないで下さい」

だから先ほどから体中で行かないと主張しているのに、泰生はそんな潤の抵抗をものともせずに引っ張っていく。

「うるせぇよ。パーティなんてたいしたことないって。それに、今回は行って帰るだけだ」

その言葉に騙《だま》されるわけではなかったが、泰生の強引《ごういん》さに潤は今まで勝てたためしがない。二人が注目の的《まと》であるのも潤にはいたたまれなかった。

「それに来週からおれは忙しくなって、おまえの相手をしてられなくなる。そうなるとおまえが寂しいだろ？」

ここは諦《あきら》めるべきかと悩んだとき、それを察したように泰生がまた口を開いた。

「――仕事ですか？」

「そ、ヨーロッパでコレクションが続くから、しばらくは帰ってこられない――…って、なんだ、やっぱり寂しいのか、そんな顔をして」

「え」

嬉しそうに泰生に言われたが、潤は今自分がどんな顔をしているのかわからなかった。

寂しい――？

そんな感情を、潤は今まで覚えたことなどなかったからだ。

けれど、胸の辺りがぽっかり穴が開いたみたいにひんやり寒いのは、寂しいからなのかもしれない。泰生に縋《すが》り付きたくなるような、この不安な思いは。

そんな顔を、今自分はしているのか。

「寂しい、かもしれません」

噛みしめるように潤が呟くと、泰生はさっと目元を赤くした。

「あー、信じらんねぇ。おまえはっ」

怒ったように語気《ごき》を荒くして、肩を掴む泰生の手にぐっと力が入った。ふいに二人の体が近付く。

日差しをきつく感じ始めた六月初め。汗ばむような夕方だが、シャツ越しに感じる泰生の体温と香水の香りはやけに心地よくて、それが逆に潤を困惑させる。

「ほら、だからさっさと行くぞ。そのしけた格好をどうにかしないとおれの隣には並ばせねぇからな」

ぐいぐいと歩かせられ、泰生にそんなことを言われたが、その泰生の口調がやけに早口であるのを潤は不思議に思った。

「――ん、こんなもんだろ」

慌ただしく店を回って服を見立てられ、連れて行かれた美容院でやけにあちこちいじられた。

何をどうされているのか、大勢のスタッフが入れ替わり立ち替わり周りで作業していて、潤にはさっぱりわからなかった。

ようやく鏡の前に連れてこられたのは、美容院に入ってからずいぶん時間が経《た》ってからだ。が、その鏡の中にいた自分の姿に潤は衝撃を受ける。

「――――母……さん？」

栗色の髪に白く透き通った肌。わずかにつり上がった大きな目に長いまつげでけぶるような瞳――いつか写真で見た、母親そっくりの人物がそこにいた。

「あ…ぁ……」

祖父母を激怒《げきど》させ、父を捨て、子供の自分を置いて出て行ったあの母親に。

『あの女そっくりの生意気な目で私を見ないでちょうだい』

『本当におぞましい。あなたみたいな異質な人間がいるなんて』

『覚えておきなさい。あなたは罪の結晶です。いてはいけない存在なのです』

祖母の言葉が次々に、その声音をもありありと蘇ってきた。

潤の喉がひくりと鳴る。

罪の結晶で、いてはいけない存在が確かに鏡の中にあった。

「どうした？　おまえが嫌がるから髪の色は洗い流せるやつだぜ？　潤、おい」

「嫌だ」

泰生の言葉も、周囲の音も何も聞こえなくなる。

「……こんな自分は、いては…いけない」

震える腕を上げ、セットされた髪をかき交ぜる。母に似た顔を必死に隠そうとした。

「おい、よせっ」

「嫌だっ。こんなのはおれじゃない。こんな姿、罪なのに。存在してはいけないんだ。いけない、いけないっ、いけない——っ」

鏡の中に髪を振り乱す姿が映るが、母に似た姿は消えない。

こんな髪、無くなれば——っ。

とっさに思って目に入ったハサミに手を伸ばす。

「潤っ」

が、それをはじく手があった。届く前に腕を引かれて抱きしめられる。

「潤、落ち着け。潤、潤」

体に回る腕が強くて、必死に自分を抱きしめているのがわかった。

痛いほど、抱きしめられている。

何度も何度も名前を呼ばれて、それがようやく泰生の声だと潤は気付いた。

「泰、生さ……ん」

潤の震える声に泰生が気付き、もう一度強く抱きしめられる。

「おまえは悪くない。おまえは何ひとつ悪くねぇよ。罪って何だよ？　存在しちゃいけないって、またジーサン達が言ったのか？」

泰生の声がやけに優しい。乱れた髪を直すように梳《す》く泰生の指も同じく——。

けれど、潤の心の中に根付く罪の意識はどこまでも深く、潤を追いつめてくる。

こんなに母に似ているだなんて今まで思わなかったのだ。祖母がなぜあんなにも自分を嫌うのかがようやくわかった。

いつも髪を黒く染めさせられるわけだ。

その目で見るなと叱られるわけだ。

醜《みにく》い顔を見せるなと言われるわけだ。

「でも——っ」

自分は存在してはいけない人間だったんだ。

呼吸がどんどん速く、浅くなっていく。胸が、苦しい。

「潤っ」

またパニックを起こしそうになったのに気付いて、泰生が強い語調で正気《しょうき》に返らせてくれせてきた。

潤が顔を上げる気配を感じてか、泰生の腕が緩む。そのまま、上体を折って潤と目線を合わた。

「――潤。おまえ、前におれが言ったこと、忘れてるだろ？」

泰生の眼差しは揺らぐ潤の心をつなぎ止めるように力強かった。

「おまえの顔がすげぇ好きだって。普段の真っ黒の髪も嫌いじゃないけど、まつげと同じこれがおまえの本当の髪の色だとしたら、おれはもっと好きだぜ。他のやつの言うことは信じて、このおれさまの言うことは信じない、なんて言わねぇよな？」

傲慢なセリフだったが、その声音には甘やかすような柔らかさがあった。

「このミルクティーみたいな瞳だってどんなにきれいか。おまえ、鏡でよく見たことがあるか？　光が入ってグリーンに色を変えるところなんて、本当に宝石みたいなんだぜ？」

前に、おまえはおれの瞳をつかまえて同じことを言っただろうと泰生が囁《ささや》く。

「泰――…」

泰生の言葉のひとつひとつが、胸にほっと明かりを点《とも》していく。

こんな自分でもいいのか。

ここにいることは許されるのか。

地の底まで落ちた潤の心をそっと両手で掬《すく》い上げてくれるようだ。

苦しくてたまらなかった胸の辺りがじんわり温かくなり、やがてはっきりとした熱へと変わっていく。

「それでも、まだおまえが自分の存在を否定するっていうなら――」

呆然と聞き入る潤を見て、泰生は自信たっぷりな笑みを浮かべた。大きな手で潤の前髪をかき上げると間近から覗き込む。

「――そのままの潤を気に入っているおれを信じろ。おまえは、おれにとって唯一無二《むに》の存在なんだぜ」

泰生の瞳が強い光を放ち、一心に潤を見つめてくる。

「おまえはおれのために存在しろ、潤」

揺るぎのないひどく真摯な言葉だった。

漆黒の瞳がふいにぼやける。

胸の中でマグマのように滾っていた熱が喉へと一気にせり上がってきて、鼻先へ――声がもれた。

「っふ……」

ばらりと大粒の涙が自分の目からこぼれ落ちていた。

「うー……」

子供のような泣き声が止まらない。しゃくり上げ、咽《むせ》び泣く。

いつの間にか、部屋には潤と泰生しかいなかった。

「おまえってよく泣くやつだなぁ。が、まぁいい。泣き顔が可愛いから許してやる」

泰生があやすように潤を抱き込み、背中を優しく叩いてくる。

この人が好きだ――と思った。

泰生だけだったのだ。

潤、とこれほど優しく名前を呼んでくれた人は。冗談も通じないような真面目な性格を誠実だと言ってくれた人は。否定され続けていた潤を受け入れてくれた人は。

ううん、それだけじゃない。

泰生は本当に潤が今まで会った誰とも違っていた。子供っぽいくせに大人で、とんでもなく意地悪で気まぐれに優しくて、傲慢な口調で慰撫《いぶ》する言葉を口にする。

そんな泰生に潤は笑ったり怒ったり――まるで胸の中に直接手を入れ揺すぶられているみたいに、潤の気持ちは、感情は、いつも大きく揺り動かされた。

それが嫌で苦手だった。

しかし同じくらいドキドキして楽しかったのも事実だ。

世界を大きく広げてくれた泰生に、まるで刷り込みを受けたみたいに気持ちは急スピードで傾いていったけれど、この滾るような思いは刷り込みなどではなかった。

恋、だったんだ。

泰生を思うと、全身が反応してぶるぶる震えるような気がするのだから。泰生が好きだ。愛《いと》しくてたまらない、と。

泉のようにこんこんとわき上がる感情は、あまりにも強すぎて少し怖い。それでもなぜか潤の心を温かく満たしてもいく。

そんな愛しい泰生の前で何もかもをさらけ出して泣けるのが、今はとてつもなく幸せに感じた。

ようやく落ち着いた潤を待っていたのは、またスタッフ総出によるセットのし直しだ。泣いてはれた目は元には戻せなかったが、それでも何とか人前に出られる顔にはなったらしい。

「よし、なかなかいいんじゃね」

後ろで自身もしゃれたスーツ姿に着替えた泰生に頷かれると、まんざらでもない気になる。

この顔を見るのはつらい。

明るい髪の色もまだ恐怖心を感じる。

けれど、さっきの泰生の言葉に嘘《うそ》いつわりはなかったことは、言われた潤が一番わかっていた。

だから今日ぐらいはその泰生の言葉を信じてもいいのではないかと思った。自分のことを少しは『いい』と思ってもいいのではないか、と。

泰生の隣に立つために——。

「う、わ……」

そう自分に言い聞かせても、いざパーティ会場に来ると少しだけ尻込みしそうになる。

オープンを控えたブランドビルは、地上三階建ての大きなものだ。実際、何も知らない潤でさえその外国ブランドはよく耳にするし、会場の周りには何台ものカメラの姿があった。

「何顔を青くしてんだよ。こんなの皆ハリボテだと思え」

泰生はそんな潤を鼻で笑い飛ばしさっさとカメラの前を歩いていく。潤は泰生の陰に隠れるように会場入りした。

着飾った人間であふれたそこでも泰生は少しも見劣りしなかった。どころか、まるで泰生の周りだけスポットライトが当たっているみたいに目立っている。

会場のいたるところから視線が飛んできて、普段の潤だったらその場で竦んでしまっていただろう。しかし先ほどの美容院での言葉に洗脳されているみたいに、潤は泰生の隣に立つことができていた。

ライトを極力抑《おさ》えた深海のような空間を、まるで魚のように泰生はゆったり歩いて回る。

「今日はえらく可愛いの連れてるな。犯罪じゃないのか？　タイセイ」

二階に上がったところで、ひときわ華やかな集団に声をかけられた。泰生とも仲のいいモデル仲間のようだ。

二人で近付いていくと、すぐに興味の視線が自分に飛んできて緊張する。

「ハーフ？　まじきれいな顔してるな。男か？」

顎にヒゲを生《は》やした男に顔を覗き込まれそうになるのを、横にいた泰生が助けてくれた。

「近寄るな。変な趣味がうつる」

「変な趣味って何だよ。おれは大人の男を泣かせるのが楽しいんであって――」

「うるせー、おまえの好みなんて聞いてねぇ。とにかくこいつに触らなきゃいいんだよ」

べっとヒゲの男に舌を見せた泰生は潤を長い腕の中に囲う。

「それにしてもきれいな子ね。一般人よね？　泰生が気にいるわけだわ。隣に立って見劣りしない子がいるなんて思わなかった」

泰生の友人達が口にする言葉に潤は顔を真っ赤にする。それをまた可愛いとからかわれた。一般人の潤をからかっているのだとはわかっているが、泰生とペアで話題に上げられると、口元が緩んでしまうのは止められない。

何より、その泰生に特別扱いされていることが嬉しくてたまらなかった。話が内輪話で盛り上がっているときでも、泰生は潤の存在を忘れず構ってくる。

「何笑ってんだよ？　楽しいか？」

会場を見回していた潤の肩に、泰生が後ろから顔を乗せてきた。

「――…っ」

近い、近い、近い――っ。

泰生の顔が自分のそれのすぐ近くにあって、潤の心臓は破れそうになる。

泰生がスキンシップ過多なのはいつものことだが、今日は特に肩や腰に手を回されたり、親密度が高い気がした。それを仲間にからかわれると、乗じるように派手に抱きつかれたりするのだ。潤は酒も飲んでないのにずっと顔を赤くしていた。

「は、離れて下さいっ」

だから、今も首筋まで真っ赤になって慌てているのに、泰生は逆に面白がるように耳元に口を寄せてくる。

「周りから見たら、おれ達ぜってぇ恋人だって思われてるぜ」

「そ、んな……」

「いっそのこと、ホントにしちまうか？」

泰生の言葉に、潤の心臓は本当に一度動きを止めた気がした。

ガチガチに固まってしまった潤を、ようやく肩から顔を上げた泰生が横から覗き込んでくる。漆黒の瞳は悪戯っぽく瞬いてはいたが、そこにからかう色は不思議と見えなかった。熱さえ孕《はら》ませて潤を見下ろしている。

「冗談、ですよね？」

震える声でようやく潤がそれを言うと、泰生はにやりと唇をめくり上げた。

「――なんて、本気にしたか？」

と。

やはりいつもの冗談だった――っ。

「し、信じられないっ」

潤は、今度は違う意味で顔を真っ赤にして泰生を睨みつけた。

「もうっ、からかうのはやめて下さいって、いつも言ってるじゃないですかっ」

泰生はそんな潤の怒った様子さえ楽しんでいるように笑みを深くする。

「からかってないって。おれはいいんだぜ？　付き合ってやっても。おまえがどうしてもって言うんならな」

「もう、いいですっ」

冗談もほどほどにして欲しいと潤は恨めしくなる。

泰生が好きだから、その思いにさっき気付いてしまったから、そんな言葉を聞くと冗談とわかっていてもドキドキしてしまうのだ。

もしかして、本当に泰生がそういう気持ちに傾きかけているのではないかと思ってしまう。

「そこ、二人だけでイチャコラしてんなよ」

潤と泰生が輪から外れているのに目ざとく気付いて、ヒゲ面の男が冷やかしてくる。

「二人でイチャコラして何が悪い」

にやついて輪に戻っていく泰生に、潤はまた頬が熱くなって困った。

どうして、泰生は嬉しがらせる言葉を知っているのか――…。

潤の気持ちはいつしかフワフワと上昇して、まるで自分もこの深海で自由に泳ぐ魚の仲間入りをしたような気分になっていた。

「――お久しぶりね、いつの間に日本に帰ってきていたのやら」

パーティも中盤にさしかかった頃、また泰生に声をかけてきた人物がひとり――すらりと背の高い女性は、潤でもよく見知った大物女優だった。女性らしい肢体《したい》に妖艶《ようえん》なドレスを身にまとう姿は、華やかな空間でも抜きん出ている。

「電話ひとつくれないのだから、タイセイは本当に薄情ね」

「そっちこそ、いつ電話しても捕まらないくせに、よく言うぜ」

存在感のありすぎる二人が親しげに挨拶《あいさつ》を交わす姿に、潤は映画のワンシーンのように見蕩れてしまった。

そんな潤に女性は目をとめる。

「また新しい子を連れているわね。相変わらず、タイセイはきれいな子が好きね」

艶麗《えんれい》に微笑まれて潤は顔が熱くなったが、女性にかけられた言葉には息が止まった。

「え……」

また新しい子――。

なにげない言葉だった。

悪意などない、まったく日常の会話のひとつ。けれど、それゆえに女性の言葉が真実味を持つ。

相変わらず、なんて……。

潤みたいな人間を泰生はいつも連れ歩いているのか。

自分だけが特別じゃない？

それに思いいたると、潤は頭を殴《なぐ》られたみたいにショックを受けていた。胸がしんと冷えていく。

泰生、さん――…？

呆然と泰生を見るが、そんな潤に泰生は気付いていないようだった。

「変なことを言うなよ」

と、女性のセリフを受け流すような言葉を口にしただけ。

「ぁ……」

そのことに、潤の心は大きくひしゃげて悲鳴を上げた。

心臓は激しく拍動《はくどう》を始めるのに、胸の辺りは凍りついたようにやけに冷たくて重い。こめかみ辺りで脈を打つ音がガンガンとうるさかった。

否定してくれることをほんの少し――いや、心から信じていたからだ。潤だけは違うと言ってくれるような気になっていた。

そんなことを思うのはひどい自惚《うぬぼ》れなのかもしれない。泰生から『ガキ』だと恋愛の対象外にされていて、泰生が今まで付き合ってきた恋人達と肩を並べることさえできていないというのに。

けれど、ついさっきまで泰生の特別であるような高揚感を味わっていただけに、女性の発言や泰生の言葉はひどくショックだった。

「泰生の賑《にぎ》やかな交友関係の話か？　生意気そうな美人猫タイプばかり、よくもまぁ見つけてくるもんだよな。今日のは少し違うみたいだけど」

先ほど潤を褒めそやしていたヒゲの男が横から口を挟《はさ》んでくる。

「おっまえ、何言ってんだよ。バカ」

「珍しい。タイセイがムキになってるわ」

「タイセイの気まぐれが今度はいつまでもつか。前は二ヶ月だったか？」

「あら、一ヶ月だったはずよ。新人モデルのあの子でしょ？」

「うっせ、黙れ。潤、本気にするなよ」

泰生はそう言ってくれたが。

けれど、もう潤は何を信じていいのかわからなくなっていた。

さっきまで潤と泰生が似合いだとはやし立てていたモデル仲間達まで面白おかしく会話に加

わってくるのだ。

このパーティ会場で交わした会話のうち、どれが本物の言葉だったのか。いや、最初からそんなものなどなかったのかもしれない。

頭から血の気が下がりすぎているみたいに、目の前が暗くなっていく気がする。

「でも、それこそがタイセイなのよ。誰にも囚《とら》われない自由人」

もう何も聞きたくない。そう思っているのに、ぐらぐらと不安定に揺れる潤の心に、その言葉はストレートに突き刺さってきた。

「……っ」

そうだ。泰生がどれほど奔放で気まぐれなのか。連れ回されていた潤が一番よく知っていた。

泰生の気まぐれから始まった潤との付き合いは、一体いつまでもつのか。

さっきはなんて言っていた――?

一ヶ月？　二ヶ月？

自分もそう遠くないうちに捨てられてしまうのかもしれない――…。

潤は震える指先をぐっと握り込む。

すぐ傍《そば》にいる華やかな集団は、まだ泰生のことで大いに盛り上がっている。けれど、潤はそれをうまく視界にとらえることができないでいた。

まるで一枚薄い布を通しているみたいに彼らの姿が遠かった。

泰生が、遠い――――。

潤はぎゅっと強く目を瞑って感覚を元に戻そうとする。さっきまでの幸せな気分を取り戻したかった。

自分の気持ちに気付いたことさえつい今し方。だから泰生への思いが叶うなど潤は考えもしなかったけれど、それより何より、泰生の興味が他へと移って、もう一緒にいられなくなるかもしれないなんて思いもよらなかった。

「だから、潤はそんなんじゃないって言ってるだろ。それより、そっちこそ噂《うわさ》の青年実業家とはどうなってるんだよ」

泰生が強引に話題を変えると、すぐに場は別のことで盛り上がり始める。

「潤？　どうした、顔色が良くねぇな。もしかして、今の会話を気にしてんのか？」

泰生が覗き込んでくるが、以前宝石のように見えた黒々とした瞳が、今は鈍く光るガラス玉のように思えて喉がつまった。

潤が何も言えずにいると、泰生は苦く笑って手を伸ばしてくる。

「バカ、おまえは特別だって言ったろ？　おれを信じろ」

大きな手で慰撫するように髪をかき交ぜてくれたけれど、泰生の言葉はもう少しも潤の心を震わせてはくれなかった。

モデル仲間に引っ張られてまた輪へ戻っていった泰生は、次々と変わる話を難なく乗りこなし、それどころかいつだって話の中心にいた。

ひときわゴージャスな集団がわっと華やぐさまに、周囲の人間は羨望の眼差しを送っている。けれど、潤はそれを少しも羨ましいと思えなかった。自分が異質であることをしみじみと感じ入るばかり。さっきの会話をいつまでも気にしているのは自分だけなのだ、と。

軽快だが、その場のノリだけで塗り固められたような会話は彼らにとっては日常茶飯事《さはんじ》なのだろう。泰生もそんな世界の人間だ。

自分とは世界が違う――――…。

それを目の前でこれでもかと見せつけられて悲しい。

喉元につまった大きな何かがゆっくりせり上がってくる気がした。それを必死で飲み下そうとするけれど、うまくいかなくて目元がじんわり熱くなる。

だから震えようとする唇だけは、きつく嚙みしめた。

「挨拶を済ませて、そろそろ帰るか」

すぐにまた戻ってきてくれた泰生だが、潤の心はすっかり絶望に占められていた。

さっき泰生が好きだと自覚したのに、その恋にこんな残酷な結末が待っていたなんて。

「お、いたいた」

三階に上がったフロアで、ひときわ多くの報道陣に囲まれている人物のところへ泰生は歩いていく。

泰生のために皆が空ける道を当然のようにして歩いていく姿に、潤はまたひとつ彼との間に高い壁が見えた気がした。

重厚なソファに座る初老の外国人に泰生が挨拶すると、一斉にフラッシュがたかれる。潤がそのまばゆさに足を竦ませたとき、輪の外へはじき出されていた。

フランス語らしい言葉で流暢《りゅうちょう》に交わされる会話。たくさんのカメラを向けられてもいっこうに普段と変わらない泰生は、極上《ごくじょう》の笑顔でその外国人と話していた。

「すげぇな。あれ、今度メゾンのイメージモデルに決まったタイセイだろ？　日本人初だよな、そんな快挙」

「デザイナー自らタイセイのもとへ足を運んだって聞くぜ」

周りでひそひそと交わされる話が聞こえてきて、潤は目眩《めまい》がしそうだった。

泰生がそんなすごい人だったなんて。

「本当に世界が違う……」

潤は呆然と独りごちる。

何て思い上がっていたんだ。あの人の隣を平気で歩いていたなんて。ただの学生であるこんな自分が、泰生と並び立とうだなんて。

潤は冷えきってしまった指先を喉に押し当てる。

先ほどまで魚になって泳いでいたこの深海のような空間で、自分ひとりだけがぶくぶくと溺《おぼ》れていく気がした。苦しくて、息が詰まりそうだった。

「潤？」

そんな潤を呼ぶ声があった。

「――姉さん？」

顔を上げると、姉の玲香が眉をひそめて近寄って来るところだ。

「どうして潤がここにいるの？　それにその格好」

薄いブルーのドレスを身にまとった玲香はいつにもまして美しかったが、怪訝《けげん》そうな声はわずかに尖っている。その視線が潤の背後に飛ぶと、とたん玲香は喜色をたたえた。

「タイセイ！　来ていると思って、さっきから探していたのよ」

「玲香？　何だ、潤と知り合いか？」

いつの間に挨拶を終わらせたのか、歩み寄ってきた泰生が潤の隣に立つ。それを見て、玲香の訝る視線が強くなった。

「――潤は弟よ。どうしてあなたが潤を知っているの？　二人って知り合いなの？」

「まぁな。だが、玲香の弟だったのか、おまえ」

泰生が潤と玲香を見比べるように交互に見る。

「ま、いいや。待たせたな、帰るぞ」

けれどすぐに興味を失ったように、潤の肩に腕を乗せると歩き出そうとした。

「待って、タイセイ。待ちなさい、潤っ」

慌ててかけられた玲香の声に、潤の足は条件反射のように止まる。

「もう帰るのなら、私も潤と一緒に帰るわ」

玲香の口元がわずかに引きつっているように見えた。視線も怒っているように鋭い。

初めて見る姉の表情に潤の胸はひんやりする。

「何で？」

が、泰生は玲香の機嫌などいたって頓着《とんちゃく》せずに面倒くさそうに視線を投げた。

「潤はおれが連れてきたんだけど？　それに玲香にだってパートナーがいるだろ。放って帰ったら失礼じゃね？」

そういえば、さっきから玲香の後ろでおろおろと立ちつくす男がいる。

「彼はいいのよ。それに弟はまだ十八歳だし、心配なの。タイセイも一緒に帰りましょう？

車を回してもらうわ」

「だから必要ないって言ってるだろ。おれは潤と二人で帰るんだよ」

泰生の声が少し冷たくなる。

そんな泰生に、玲香はターゲットを変更するように潤に視線を移してきた。

「潤、あなたは私と帰るわね？」

玲香がきつい眼差しで潤を見つめる。

今まで一度だって思ったことがなかったのに、今日のその目はひどく祖母に似ていた。

「おれ、は――」

それゆえに、喉が固まったみたいに言葉を紡《つむ》げなくなる。

「潤、こんな格好しているのをお祖母さまに知られたらことよ？　ばれないようにしてあげるから、私と帰るわよ」

ぎくりと潤の体が震えた。

「玲香、それをあんたが言うか。こいつが家でどんな扱いをされているのか、あんたが一番よく知ってるんじゃねぇのか？」

泰生の切り込むような視線の鋭さに一瞬怯んだように玲香は目を逸らしたが、すぐに顔を上げると、つかつかと歩み寄ってくる。

「潤、帰りましょう」

玲香は潤の腕を摑むと歩き出した。

「潤っ」

引かれるまま歩き出した潤を泰生が呼び止める。思わず振り返った潤に、泰生は苦笑して手をあげた。

「また連絡する」

それに潤は頷けなかった。

先ほどの、泰生と世界が違うと実感したショックがいぜん尾を引いていた。今日一日色んなことがありすぎて、潤はいっぱいいっぱいだった。

姉の手が離れたのは、手配してもらった車に乗ってからだ。

「潤、どういうことなの。どうして私がタイセイに睨まれなきゃならないの？　話してもらうわよ、いつからタイセイと仲良くしているのか」

きびしい詰問《きつもん》口調に、潤は聞かれるまま泰生とのこのひと月にも満たない逢瀬《おうせ》を訥々《とつとつ》と話していく。

そうだ、まだ泰生と出会って一ヶ月も経っていない。なのに、泰生の存在はすっかり潤の心の奥底にまで入り込んでいた。

楔《くさび》のように、もう取り返しがつかないほど深く心に打ち込まれた大きな存在を、今後自分は引き抜くことなどできるのだろうか。よしんば、引き抜けたとしてその傷跡はどれほど大きいのか。

潤は恐怖してぶるりと体が震える。

「あなた、タイセイがバイだって知ってるの？」

最後、玲香が探るように聞いてきたそれに、潤はうろたえて顔を俯ける。

「知って、いるけど」

「知ってって、あなたまさかタイセイとそういう意味で付き合っているの？」

「違うっ。そうじゃない、でも……」

二人の間に恋愛感情がまったく存在しないかといえば嘘になるから、潤の口調はおのずと鈍くなってしまう。

潤は泰生に思いを寄せているのだから。

「——そう、そうなの」

潤の反応に、泰生への思いは伝わってしまったらしい。

玲香の顔が能面のように表情をなくす。けれどそれ以上何も言わず、ずいぶん長い間沈黙を守っていた。

「姉さ…ん？」

つぶされそうな重い空気に耐えられなくなって潤が恐る恐る声をかけると、ゆっくり顔を上げた玲香の顔には怒気《どき》も露《あらわ》な表情があった。

「あなたって恐ろしい子ね。大人しい顔をして平気で私を裏切っていたなんて」

「裏切るなんて、そんな――…」

「知らないなんて言わせないわよ。あなたは私がタイセイのショーばかり見ていたのを知っているじゃない。あなたがタイセイのことを聞いたとき、もう少し警戒すべきだった」

話しているうちに興奮してきたのか、玲香が苛立たしげに爪を噛む。

潤は姉のセリフにショックを受けていた。

確かに、玲香が家でファッションショーの映像ばかりを見ていたのは知っていた。けれど、それは自身のモデルの仕事に役立てているのだと思っていたのだ。まさか、泰生を見ていたなんて。

「私はあなたなんかよりずっと前からタイセイを見ていたのよ。ようやく知り合いになれたと思ったのに、まさか横からかすめ取られるなんてっ」

もう少し深く考えれば良かったのだろうか。

泰生のことを話していた姉の輝くような表情を、熱のこもった声を。普段と違った姉の様子を疑問に思い、なぜかと考えて、恋をしているからだと思いいたれば――いや、そう言えるのは潤が先ほど自らの恋を知ったからこそだ。あの時はどんなに考えても、玲香が泰生に恋をしているなんて答えは導けなかっただろう。

何より、玲香が泰生のことを好きだと知っても、自分の思いが止められたとは思えなかった。潤がやりきれない思いを噛みしめていると、玲香はさらに口を開いていた。

「親によく似た泥棒《どろぼう》猫ね、あなたって。私の母さまが亡くなるとすぐうちに乗り込んできた、父さまを母さまから奪い取った、あの外国人にっ」

「姉さんっ」

姉の口から出た言葉に潤は呆然とする。が、その潤の呼びかけを受けて、玲香がかっと声を荒げた。

「『姉さん』なんて呼ばないでっ。あなたなんて弟じゃない、家族なんかじゃないわ。昔から気に入らなかったのよ。私の母さまが病気で倒れてもちっとも見舞いに来なかった父さまが、あなたが生まれたときは病院に駆けつけたのよ。小さかったけれど、あの時の悔しさを私は今でも忘れない。あなたが生まれたことを、私は憎んだわっ」

「そんな……だって、姉さんはいつも――」

いつも優しかった姉のまさかの怨《うら》み言《ごと》に、潤は言葉も出なかった。

喉が干《ひ》上がって痛い。

痛すぎて、呼吸がふいごのような音を立てた。胸が小刻みに震える。

「私が優しかった理由を知りたいの？」

顔を歪《ゆが》める潤に、玲香は勝ち誇ったように唇を引き上げた。

「あなたを庇《かば》うと、私があの家で優位に立てるからよ。皆に煙《けむ》たがられているあなたにも優しくする姉だって同情してもらえるの」

玲香の言葉のすべてが攻撃的で、鋭い刃《やいば》のように胸に突き刺さってくる。

「恨むんだったら、あなたを生み捨てて行った母親を恨めばいいじゃない。何よ、何であなたがそんな傷ついた顔をするの？　傷ついているのは私の方だわ。こんなすぐ近くに泥棒猫がいたなんて」

興奮したように目元を赤くして、再度、玲香が睨みつけてきた。

「タイセイは渡さないから。私はずっとタイセイが好きだったの。偶然知り合っただけのあなたになんか渡さないっ」

「姉…さ……」

「そもそも、あなたにゲイなんて道を歩けるの？　今でさえお祖母さまの言いなりで、決められた道を決して踏み外そうとしない小心者《しょうしんもの》なのに」

車がゆっくり止まる。見える門構えは自宅のものだった。

「タイセイとは今後一切もう会わないで」

もうこれ以上動揺することはないと思っていた潤なのに、その玲香の言葉には体がびくりと震えずにはいられなかった。

「これは命令よ。この先ずっと、あなたがタイセイに会うのは私が許さないから」

最後にそう言い捨てると、玲香は開けられたドアから車を降りて歩いていく。潤ものろのろとその後に従ったが、門を入ったところで力尽き、がくりと膝をついてしまった。

泰生と、もう会わない――？

それは嫌だと叫びたかった。けれど、同時にその方がいいと言う声がする。

泰生のいる世界の大きさに、潤は今日一日ですっかり打ちのめされていた。

華やかで、眩しくて、でもどこか軽薄で――それは潤にとって一番遠い世界だった。そんな世界で伸びやかに生きている泰生につり合うわけがない。

泰生の奔放な性格もそんな世界で培《つちか》われたのかと思わせたモデル達との会話の数々も、潤を尻込みさせる原因のひとつだった。

泰生が今連れて歩いているのは潤だが、彼は『誰にも囚われない自由人』だ。いつかまた新しい誰かを見つけて、今度は潤こそが捨てられてしまうかもしれない。

そんなの耐えられるわけがない――――っ。

「……っ」

ぶるぶる震えて、潤は地面に爪を立てる。

その手の甲にぽつりと水滴が落ちた。

ぱたぱたと、熱い雫《しずく》が鼻先を伝ってこぼれ落ちていく。

そんな場面を目にする前に、傷がまだ浅いうちに、引き返すべきだ。

「ふ……っ、ぅー……」

が、泰生との訣別《けつべつ》を思うと熱いものが次から次にこみ上げてきて、潤は小さな嗚咽《おえつ》が止まらなくなった。

自分はこんなに泣き虫だったろうか。

泰生と会うまで泣いたことなど一度もなかったのに。

そう思うと、泰生がこんなに自分を弱くしたのだと恨みたくなる。

泰生と出会わなければ、こんな感情を知ることもなかった。つまらなくとも、平穏《へいおん》な生活が送れていたのに。

泰生のせいだ――――…。

潤はずいぶん長い間、そこから動くことはできなかった。

「まだ、大丈夫だ……」

学校からの帰り道、潤は携帯電話を見てほっとする。

着信があったことを知らせるマークに履歴を開くと、ひとりの名前だけがずらりと並んでいた。着信履歴だけではない。メールボックスにも同じ名前のメールがあふれていた。

「泰生さん——…」

潤は苦しげにその名を呼ぶ。

連日、あの泰生が信じられないほどたくさんの連絡を入れてくれている。が、それに潤はまったく連絡を返せずにいた。コールバックしないどころか、泰生から電話がかかってきても出ないようにし、メールの返事も出さない。

そんな日々をもう四日。

泰生はさぞ怒っているだろう……。

そう思ったのに、連日届く泰生からのメールには連絡を途絶えさせた潤を心配する色の方が濃かった。そんな泰生の思いに潤の胸は張り裂けそうになる。

怒って欲しい。いっそ、こんなひどい仕打ちをする潤など、愛想《あいそ》を尽かしてくれたら――…。後ろめたさからそんなことさえ思うのに、しかし、今の潤を苦しませているのが泰生からのこんな連絡がいつ来なくなるかということでもあるのだ。まったく矛盾《むじゅん》している。潤こそが泰生からの連絡をボイコットしているのに、泰生の関心がよそへ移るかもしれないなんて思うと、全身が震えそうなほど怖い。わけもなく叫びたくなる。

だから、今みたいに泰生からの連絡が届くと泣きたくなるほど安堵するのだ。けれど、その数分後にはまた不安に襲《おそ》われる。今の連絡が最後だったのではないか、と。

精神状態がおかしくなりそうだった。

事実、週明けにあったテストでは信じられない点数を取ってしまい教師から心配されたほどだ。そのことで、家では祖母にひどく怒られた。そんな時は何かと口を挟んでくれていた姉の玲香も未だ冷戦状態のためか助けてはくれず、それゆえに祖母の暴言《ぼうげん》はエスカレートし、いつもは一緒になって罵《ののし》る祖父が今回は止めに入ったくらいだった。

なのに、それでも潤の意識は泰生から少しも逸れない。

忘れようと、忘れなければと思うのに、胸の中は泰生のことであふれる始末。携帯電話ばかり気にしてしまう。

「泰生さん……」

ため息をつきながら、また黙り込んでしまった携帯電話を、潤は祈るように眉間《みけん》に押し当てた。

しかし——そんな頻繁《ひんぱん》に入っていた泰生からの連絡が翌日になって急に途絶えてしまった。泰生が仕事で渡欧して忙しくなったせいだとメールで知ってほっとしたが、連絡が来なくなったことはやはり寂しくてたまらなかった。

泰生からの連絡はもう永遠に来ないのではないかという不安に苛《さいな》まれ続けるのだった。

しばらくは部屋にこもりっぱなしで、潤が家にいる間は滅多にリビングにも降りて来なかった玲香だが、昨日、海外から彼女に小包が届いたあとは、珍しくリビングを占拠《せんきょ》する姿があった。そのせいで、今度は潤の方が自室に入るようにしていたのだが。

「え……」

模試もなかった休日の午後、自室で勉強をしていた潤が喉の渇きを覚えてリビングの前を通りかかったのは偶然だった。姉がいるときは閉められているはずの扉が開け放たれていたのも、祖母が通ったあとだからだろう。騒々《そうぞう》しい音楽にひかれて、顔を覗かせただけだった。

が、姉の見ているテレビの中に踊るような足取りの男を見つけて、潤はその場に縛られたように動けなくなった。

ずっと焦《こ》がれ続けていた泰生がいたからだ。

シャギーの入った長めの髪をさらにエキゾチックに顔の周りに散らせて、強い目で画面の中から睨みつけてくる。

奇抜な服を身にまとっているのに、泰生自身も決して負けてはいない。どころか、それを味方につけてさらに泰生は輝いて見えた。

大勢の人の間を縫うようにすり抜けてきた泰生は、画面に向かってポージングする。

まるでおれを見ろと言わんばかりの自信に満ちた姿に、潤は見蕩れた。

泰生はすごい――――。

以前、泰生のスチール撮影を見たときと同じように潤は感動していた。

そうだ。泰生がすごいって、自分は前から知っていたじゃないか、とも。

泰生がトップモデルで潤がただの学生だというのは、出会ったときから少しも変わっていない。普通に生活していたら絶対知り合わないタイプだと泰生も言っていた通り、二人の世界は初めからまったく違っていたのだ。

けれど、潤は今まで泰生との間に何の違和感も覚えなかった。

それは『すごい』はずの泰生がただの学生である潤と本気で付き合ってくれていたからではないだろうか。

泰生は、確かに華やかで軽薄な世界の住人かもしれないけれど、泰生自身は決して浮《うわ》ついた人間ではなかった。冗談も通じないような生真面目な潤と、他の人間のように面倒だとあしらうことなく正面から向き合ってくれていたではないか。時にからかいの言葉で、時に慰める腕でもって。

泰生は、最初からずっと潤と同じ場所に立ってくれていたのだ。

「……っ」

潤は思わず息をのんでいた。

いつだって潤のすぐ隣にいてくれた泰生を、自分こそがはじき出してしまっていたことにようやく気付く。泰生とは釣り合わないと、潤自身が泰生との間に壁を作っていたのだ。

「泰生……」

画面の中でデザイナーらしき外国人と肩を組んで歩いていく泰生を、潤はうなだれる思いで見つめる。

そんな泰生からの連絡を自分がどれほど袖にしたのか、改めて思い出したからだ。

気まぐれだとか自由人だとかモデル仲間達にも言われていた泰生が、あんなに密に連絡を入れてくれたのに、自分は電話に出ることもメールを返すこともしなかった。

潤の方がよほどふらふらしている。他の人間が口にした言葉に一喜《いっき》一憂《いちゆう》して、惑《まど》わされてしまったのだから。自分はもうすぐ捨てられるのだと思い込み、泰生の隣に並び立つなんておこがましいと尻込みして。

『そのままの潤を気に入っているおれを信じろ。おまえは、おれにとって唯一無二の存在なんだぜ』

今のテレビ画面の中に見た自信に満ちた表情で、いやそれ以上の揺るぎない眼差しのもとで、以前――泰生が口にした言葉を潤はようやく思い出していた。

『おまえはおれのために存在しろ、潤』

おれは――――っ。

情けなくて、熱いものがこみ上げてきそうになる。

潤が自分の存在を否定しようとしたとき、泰生はまさに全身全霊をかけて潤を救ってくれた。受け入れてくれたではないか。

そんな泰生の言葉を自分はあのパーティ会場ではもちろん、その後だって一度も思い出さなかったのだ。どころか、他の人間が口にした言葉ばかりを信じてしまっていた。

他の人間の言葉に惑わされ、泰生のいる世界の大きさに恐れて、肝心の泰生そのものを見失っていた。

「おれは……」

泰生を好きなのに。この世の誰よりも、何よりも。

その泰生の言葉を信じずに、他の何を信じるというのか。

「……ばかだな」

呟いて、潤は顔を上げた。

今まで泰生を避けていたことが悔やまれてならない。

いや、今からでも遅くない。携帯はつながるのだと、身を翻しズボンのポケットから取り出したそれを慌ただしく操作する。

と、その時――――。

「え、タイセイが日本に？　それ、本当なの？」

背後のソファに座っていた姉の口から泰生の名前が出てびくりと足を止めた。振り返ると、姉が携帯電話で誰かと話しているのが見えた。

「そう、完全にお忍びってわけね。あぁ、それは結構よ。日本に戻ってくる理由はわからなくもないから。えぇ、今日の六時の――」

玲香が何か思わしげに首を巡らせたとき、入り口に立ちつくしたままの潤と目があった。

驚いたように瞠目《どうもく》した玲香だったが、すぐに潤を睨みつけてくる。

「――あぁ、ごめんなさい。いつも色々としてくれてありがとう。ええ、送ってくれた映像も感謝しているわ。もちろん家でしか見ないから門外不出よ、心配しないで」

ゆっくり電話を切った玲香が、そのまま潤に向かい合う。

「盗み聞きとはずいぶんはしたない真似ね」

「ごめん。けど、あの、泰生が帰ってくるって本当？」

気が急《せ》くままにつめ寄る潤に玲香が微かに眉を寄せる。

「あなたにはもう関係ないことでしょ？　私は言ったはずよね、タイセイに会うことは許さないって」

姉の言葉に潤は一瞬だけ怯む。が、すぐに顔を上げると玲香を見つめた。

「ごめんなさい、おれが間違っていた。姉さんの言うことは聞けない。泰生に会わないなんて、おれにはできないんだ」

「ふざけないで、今さら何を言っているの」

「好きなんだ。泰生が好き。たとえ、泰生がおれのことを何とも思っていなくても、泰生がおれに構ってくれるうちはいつだって泰生と会いたい」

先のことはもう気にしない。

気に入っていると言ってくれたその言葉を今は信じたい。大事にしたい。

「タイセイは男よ。あなた、男を相手に恋愛ができるの？　バイだと公表している彼と親しくすることは、すぐにあなたのセクシャリティも広まるわ。マイノリティを何よりも嫌っているあなたにそんなことができるわけないでしょう」

「できるよっ」

潤はぐっと玲香を見据える。

今まで自分はひとりでも平気だった。

母親に捨てられたと知っても、父親から相手にされなくても、祖父母に冷たくされても、何とも思ったことなどなかった。

けれど今は、泰生とつながっていないというだけでたまらない気持ちにさせられる。泰生と離れてひとりでいるのが耐えられないほど寂しいし切なかった。

泰生の顔が見たい。声が聞きたい。肌に触れたい。

自身がそれを禁じたくせに、だ。

こんな強い思いが他の何かに劣るとは思えなかった。

「泰生が好きだって思いの方が大切なんだ。もう、逃げない。泰生が男でもトップモデルでも関係ない。おれにとって泰生は、あの泰生しかいないのだから」

奔放で、強引で、人の嫌がる顔を楽しむ意地悪なところがあって。でも面倒見はよくて、思いのほか優しくて、そのままの潤を好きだと言ってくれる泰生が潤にとっては好きになった泰生なのだ。

泰生が男であるのなら、男である泰生を好きになるまでだ。誰に謗《そし》られても、もう思いは曲げないと潤は強く思った。

世界が違っても関係ない。

玲香はじっとそんな潤を見つめていた。

「——あなた、変わったわね。あぁ、もうやってられないわ」

が目を逸らすと、玲香はふいに大きなため息と共にそんな言葉を吐いた。

「これじゃ、私の入る隙間《すきま》なんてないじゃない。一方からは連絡が取れないって電話が鳴り止《や》まなくて、一方がこれでは」

「え」

「とんだ道化《どうけ》になるところだった」

疲れたように独りごちる玲香からは、すっかり毒気が抜けているように見えた。姉の態度の急変に潤はついていけなくて目を瞬かせる。

「姉さん、あの——」

「成田《なりた》到着、夕方六時の便よ」

「え……」

「鈍いわね、タイセイが乗って帰ってくる飛行機よ。関係者が調べてくれたものだから間違いないと思うわ、私に嘘をつく人間ではないから」

驚く潤から目を逸らすように玲香がテレビの方を向く。

「今日は帰って来られないかもね、あなた。ただでさえ、あなたと連絡が取れないって私に泣きついてきていたんだから、あの人。お祖母さまにはうまく言っておいてあげる。これで、この前のパーティの帰りにあなたに言ったことはチャラよ」

この前のパーティの帰りって――…。

もしかして、車中で玲香に言われたきつい発言のことだろうか。

あれを、もしかして姉は後悔していたのか。

「……ありがとう」

潤は急に目頭《めがしら》が熱くなる。慌てて瞬きをして水分を飛ばし、早口で礼を言った。

「早く行きなさい」

「うん、ありがとうっ」

最後にもう一度礼を言うと、潤は身を翻した。

はやる思いで成田空港に到着したが、泰生の乗った飛行機は一時間も遅れているようだった。もっとも、定刻で飛行機が到着していたら潤は間に合わなかったかもしれないので、その点ではほっとしたものの。

「一時間も遅れるって、何かあったのかな」

すぐにそわそわと落ち着かない気分にさせられてしまった。

これまで空港にも飛行機にもほとんど縁がなかった潤だから、一時間もの遅延《ちえん》は何か重大なトラブルのせいかと極端な思考にさえいざなわれてしまう。

到着までの一分一秒がひどく長く感じられた。

「ぁ、着い…た？」

だから、ようやく飛行機の到着を知ったときには、心から安堵した。

フランスから到着した人々がようやくロビーに出てくるのを見て、潤は出口のすぐ近くまで走り寄る——が。

「泰生——？」

到着ロビーからは大きな荷物を抱えた人が次々と出てくるのに、しかし、その中に泰生の姿はなかった。

潤は後ろを振り返って、一度見送った人の中に泰生の姿を探してみる。

「どうして……」

泰生がいない。

飛行機に乗っていなかった？

それとも乗る前に何かあったのか？

飛行機が到着するまでに覚えていた焦燥《しょうそう》感がまたじわりと押し寄せてきた。喉元にこみ上げてくる何かを何度も飲み下す。

「泰生……？」

泰生に謝りたかった。

泰生からの連絡をずっと無視し続けたことを。泰生を信じなかったことを。

泰生はすごく怒っているだろう。それでも、泰生にもう一度笑ってもらえるまで何度でも謝ろうと思っていた。

「泰生」

そして、泰生が好きだと素直に思いを告げるのだ。

そんなことをずっとここに来るまで、ここに着いてからも考えていたのに、乗ってくるはずだった飛行機にその泰生は見つからない。潤の前に姿を現してくれないなんて。

「……っ」

泰生がいない――。

泰生をずっと拒絶していたから罰《ばち》が当たったのかもしれない。このまま、永遠に会えないのではないか。

まさかと思いながらも、思考はどんどん悪い方向にばかり向かってしまう。

先ほどから、ぎりぎりの状態だった潤の心が今にも弾《はじ》けてしまいそうになった。わっと泣き出したくなって、必死に唇を噛みしめる。

その時、到着ロビーから係員が足早に出てきて、潤は思わずその姿を追いかけていた。

「あの、すみませんっ」

声が震えそうになるのを懸命に抑える。

「泰生がっ、今の飛行機に泰生が乗っていたはずなんです。榎泰生という――」

「なぁに大声で人の名前を連呼してんだよ」

後ろから声が聞こえたと思ったときには、潤の体は抱きしめられていた。

ひゅっと喉が鳴る。

懐《なつ》かしい温かさ、覚えのあるオリエンタルな香り。何より、その悪戯っぽい声は間違いようがない。

「泰生っ」

振り返りたかったが、そのきつい腕から抜け出すことはできなくて、首だけを巡らせてみた。と、さっきテレビの中で自信たっぷりに歩いていた男が——泰生が笑っていた。

「泰——…」

ようやく、会えた……。

「潤?」

泰生、泰生、泰生——…。

くしゃりと、顔が歪むのがわかった。

泰生に会ったらまずきちんと謝ろうとか色々考えていたのに、その顔を見たら何もかもが吹き飛んでいた。ただ泰生の顔をもっともっと見たくて目を見開いただけ。

けれど、その顔はあっという間に涙でにじんで見えなくなる。

「っく……ぇっ……っ」

ほっとしたのだ。気が緩んでしまった。

心も体も壊れたみたいに言うことをきかなくなっていた。

「おい？　潤？」

慌てたように泰生の抱く腕の力が緩もうとするから、潤は自分からそれにしがみつく。

離れたくない。今は絶対離れたくないっ。

むきになって泰生の腕に縋りつく潤に、後ろに立っていた泰生は苦笑した。

「おまえって、本当に泣き虫だな」

「だ…だって、出てくるの、遅かった」

「あー、途中で知り合いに捕まってな。何だ、不安だったのか？」

潤がしゃくり上げながら必死で理由を口にするのに、返す泰生の声は楽しげに弾んでいた。

おまえって子供だなと頭まで撫でられてしまった。

その意地悪な態度に、もう一度ここにいるのが泰生だと再確認する。

その瞬間。

「好き…です。泰生が好きなんです。どうしようもないほど好き――っ」

潤の口から思いがほとばしっていた。

先ほどまで心の中を占めていた不安とか焦燥とかいう粒子がすべて泰生への思いにすり替わっていた。どこからか外に出さないと破裂しそうなほど胸をふくらませている。

泰生が好きだ。

口からこぼれ落ちる声にひどく熱がこもってしまったのはそのせいだ。

「おまえはっ……」

ぐい、と体が一八〇度回転させられたと思ったら、熱く擦《かす》れた声が落ちてきた。泰生の顔をまともに見る前に、唇にぶつかってくるものがある。

「っ……ん……」

激情のままに押しつけられたそれが何なのか、一瞬わからなくて潤はぼんやりしてしまった。自分の唇がひしゃげているのを不思議に思ったとき、焦点が合わないほど近くに泰生の顔があるのにようやく気付く。

「んんっ」

キスしてる――…。

はっと潤が我に返ったとき、始まりと同じくらい唐突《とうとつ》に泰生の唇が離れていった。

「相変わらず一瞬で気持ちを持ってっちまうな、おまえは。ったく、行くぞ」

泰生の腕が肩に回ると、歩くように促された。

見上げた泰生の顔は感情を抑えているみたいにひどく真面目なもので驚く。そんな潤に気付くとようやく泰生の表情は柔らかくほどけた。

「あんな熱烈な告白を他の人間に聞かせるなんてもったいねぇからな」

潤の瞳を絡め取るような甘い眼差しだった。

胸が苦しいほど熱くなって、目を逸らしたいのに同じくらい強い思いでこの目を見つめていたいと思った。

「そんな目で見るんじゃねぇよ。たまんねぇだろ……」

泰生が絞り出すような声で呟いて前を向いた。足がさらに速くなる。

「あの、どこに行くんですか？」

「あぁ、悪いがおれには時間がない。猶予は明日の夜、いや夕刻が限度ってところだろ。攫いに行くつもりだったおまえとここで会えたんだからもう移動の時間さえもったいない。空港のホテルを取るぞ」

「えっ」

「おまえのせいで、パリからまさかの緊急帰国。しかもとんぼ返りだからな」

「おれの、せい？」

どきりとする潤に泰生がしかめっ面を作った。

「あぁ、このペナルティは大きいぜ。今から覚悟しておけよ。このおれさまからの電話には出ないし、メールも返さないし」

「それは……」

自分でも後悔しているだけに返せる言葉もなかった。

「まぁいい。そのおかげで聞きたい言葉が聞けたからな」

気まずくて俯いてしまった潤を、泰生は優しげに小突《こづ》いてくる。

「それより、よくおれが帰ってくるのがわかったな。しかも乗った飛行機まで突き止めていたなんて。おまえに言うと逃げられると思ってわざと知らせていなかったから、さっきロビーにいたおまえの姿には目を疑ったぜ」

泰生の言葉には潤も笑みを浮かべた。

「姉さんに教えてもらったんです。関係者だって人からかかってきた電話で、泰生のことを話しているのを偶然聞いたので」

「あぁ、玲香女王さまか。あいつはどこにでも自分の僕《しもべ》を持っているらしいから、ちょっと恐ろしいよな」

さも納得したように頷いている泰生のセリフが冗談なのかそうではないのか、潤には判別できなかった。

空港にあったホテル案内所で予約を入れた泰生は、隣接するホテルにチェックインする。

部屋に入ると、同時に後ろから抱きしめられた。

「た、泰生っ」

驚いて竦む体を泰生は構わずかき抱いてくる。襟足《えりあし》の髪を鼻先でかき分け、熱い唇がうなじに強く押しつけられた。

「んっ」

「このバカが。おれがどれほどおまえに会いたかったか、わかってんのか？　生意気にもボイコットなんかしやがって」

「ごめん…っな、さい」

潤が擦れた声で謝ると、泰生の腕が離れていく。なくなった体温が寂しいと思ったとき、体がその場でくるりと回転させられた。

「潤、さっきの、もう一度言え」

「さっき、の？」

泰生の顔がすぐ近くにまで下りてくる。鼻先が触れそうな近さ——。

「おれに言った言葉だ。人前で言った言葉を、もう一度おれだけに聞かせろ」

その言葉にようやく泰生への告白のことだと気付いた。

「あの……」

「うん」

先を促す泰生の眼差しはひどく甘ったるくて指先が震えてしまう。宝石のような漆黒の瞳に、必死に見上げている自分の顔が映っていた。

何度もつばを飲んで、ようやく口を開く。

「好き、泰生が好きです。好きすぎて、どうしたらいいのかわからない」

苦しい——と声にならない声で伝えると、泰生はふわりと甘く顔をほころばせた。その顔がさらに近付いてくる。

「ん——…」

柔らかく熱を押し当てられた。ゆっくりと唇がふさがれる。

二度目のキスは、体がとろんと蕩《とろ》けそうなほど甘かった。

「じゃ、どうしたらいいのか教えてやる」

唇の上で、泰生が内緒話《ないしょばなし》をするかのように囁く。熱い息が唇を擽って背中がゾクゾクした。

「もっとおれを好きになればいい。おれも同じだけ好きになってやる。このおれをここまで本気にさせたのはおまえが初めてなんだぜ？　責任は取ってもらうからな」

唇をゆるく吸われて、唆《そそのか》すように泰生が思いを伝えてくる。

その瞬間、じわりと胸から熱いものがわき上がってきた。

止まっていた涙がまたこぼれ落ちる。その涙を唇で吸い取るような優しいしぐさを見せる泰生に、潤はたまらずくしゃりと顔が歪んだ。

「泣いてばっかだな。目がとけちまうぞ」

「っ…だって、嬉しくておかしくなるんです。泰生を好きになって本当によかった……」

「ったく、無自覚天然《むじかくてんねん》タラシが」

怒ったように舌打ちされたあと、唇を食べられていた。勢いで背中が壁に当たる。

「んんっ」

ぶつかると思った頭には、クッションになるようにタイミングよく泰生の手のひらが回された。が、その大きな手は髪を摑んで潤の動きを縛りつけてくる。

「う……っ」

何度も唇を嚙まれ、柔らかく食《は》まれた。

「唇、緩めろ」

その言葉に、自分がガチガチに体を強ばらせていたことに気付く。体の力を抜くことはできなかったが、唇を解くのは何とかできそうだ。

震える唇をわずかに開くと、その隙間を広げるようにぬるりと泰生の舌が忍び込んできた。ぎょっと目を開けると、泰生が楽しげに目を細めるのが見えた。

「ん……ぅんっ」

泰生が滑り込ませてきた舌は、潤の口腔《こうくう》を恐れもなく動き回る。縮こまらせていた潤の舌に誘うように数度触れ、遊びを教えるようにやんわり己のそれと絡ませるのだ。

きゅっときつく潤を締め上げてから解放し、今度は違う方向から舌を絡みつかせてくる。絡めた舌をきつく引っ張るようにされると、喉の奥が甘く痺《しび》れ、それがダイレクトに下半身へと落ちていった。

「は、ふ……ぅっ」

息が苦しい。

それは口をふさがれているからか、それとも痺れが呼吸を妨《さまた》げているからか。

何もわからないまま、潤はなすすべもなく泰生に貪《むさぼ》られ続けた。

「ん……く……っぅん」

震える膝に泰生にしがみつくけれど、その内に自分がもはや立っているのかどうかさえあやふやになる。

視界が黒く霞《かす》んでいき、かと思ったら一瞬にして白く焼けた――――。

「…ぃ、おい、潤?」

心配げにかけられる泰生の声が耳に入ってきたが、全身が痺れていて瞼《まぶた》ひとつ持ち上げるのもつらかった。

「泰、せ……」

知らぬ間に床に座り込んでいた潤を、泰生が覗き込んでいた。ようやく視線を合わせた潤にほっとした顔を見せた。

「キスも初めてのお子さまだって忘れてた」

が、すぐににやりと唇をめくるように笑う。

「だからって手加減なんかできねぇからな。ずっとお預けを食らわされたんだから」

「わっ」

ぼんやりしていた潤を泰生が両腕で抱き上げた。

「え、あの、泰生?」

軽々と潤を抱き上げたまま、泰生はバスルームに入っていく。

「十二時間以上拘束《こうそく》されてたんだ、シャワーくらい浴びさせろ」

「いや、だから、それ――…う、わっ」

それはわかる。わかるが、なぜ潤も、しかも服を着たままシャワーをかけられなければいけないのだろう。

ぬるい水に服が濡れて、肌に張りついていく。

「服が……」

「クリーニングに出してやる。あーぁ、服が乾くまでおまえは帰れないな。仕方ないから、おれもそれまでおまえに付き合ってやるよ」

傲慢な口ぶりに呆気にとられている潤をバスルームの床に下ろすと、泰生は熱い温度に変わったシャワーの中でゆっくりシャツを脱いでいく。

細身だと思っていたが、それは長身のせいだったのかもしれない。現れたのは、しっかり筋肉のついた男の目にも美しい上半身だ。

それを見て、腰の辺りが甘く疼いたのが恥ずかしくなる。

自分は欲情している——。

好きだという思いがこれほどストレートに体に影響するということに、潤はひどく驚いていた。

デニムをひどく大儀そうに脱ぎ、裸になった泰生が、今度は潤の服に手をかけてくる。

「あ、待って。泰生っ、泰——…」

はぎ取るようにシャツを脱がされチノパンに手をかけられそうになったから、反応している下肢を見られるのが恥ずかしくて慌てて泰生の手を止める。

「へぇ」

けれど、一瞬遅かった。

泰生のいじめっ子のような視線が下半身から持ち上がり、潤の顔に当てられた。

「何、おれの体を見ただけでこうなったわけ？　おまえ、案外エロいんだな」

「そ…んな」

片方の唇を歪めるように笑う泰生の顔こそが、ひどく婀娜《あだ》めいている。

「いいぜ、エロいやつって好きだぜ、おれは。たっぷり可愛がってやるよ、おまえが満足できるほどな」

濡れて肌にまとわりつく潤のズボンを強引に脱がせバスルームの床に放り投げた泰生は、羞恥《しゅうち》に泣きそうになっている潤へ楽しげに顔を近付けてきた。

「舌、出しな」

泰生の言う通りそっと舌を出してみせると、泰生の黒瞳が妖《あや》しげに細まる。

「素直なところも好きだぜ」

独りごちたかと思うと、泰生が潤の出した舌に自分のそれを触れ合わせた。

「こぉら、動くな……」

びくりとして、思わず引っ込めようとした潤に泰生は子供を叱るように優しげに言う。さらに視線で促され、潤が恐る恐るまた舌を出すと、泰生は喉で笑いながら己の舌を伸ばしてきた。

「ん、……っ」

ざらりとした舌の表面がわかるほどねっとり舐《な》められ、舌の付け根が震えた。

猫のようにゆっくり舐めては、裏側を舌先で擽るように探っていく。舌先が滑るたびに震える潤の反応を楽しんでいるようで、体が跳ねる箇所は執拗《しつよう》に弄《いじ》られた。

こういうのもキスというのだろうか。

唇を触れ合わせることさえ初めてだった潤は、泰生の行為の淫靡《いんび》さに涙が出そうだった。

「うん、んん……んっ」

バスルームに湯気が満ち、熱気も相まって呼吸が苦しくなる。

いや、苦しいのは泰生に口を貪られているからだ。舌先を触れ合わせていた泰生が、潤の唇に襲いかかってきた。

顎を摑んで潤を壁に押しつけるように固定すると、泰生は顔を真横に傾けるように深くふさいでくる。先ほどのように舌を滑り込ませ、先ほど以上に縦横無尽《じゅうおうむじん》に口内を蠢《うごめ》いていく。

「っふ……、は…ふっ」

雨のようにシャワーの降り注ぐなか、潤の喘《あえ》ぎ声が響いた。

自慰《じい》することさえまれで性的に淡泊だと思っていた潤なのに、今、股間《こかん》にもたげる熱が苦しくて焦れったくなって、思ってもいないのに腰がいやらしく波打つ。泰生が目の前にいるというのに、手淫《しゅいん》を施したくなる。

「何だ、我慢がきかねぇの？　腰が動いてるぜ。おまえ、本当にエロいな」

舌なめずりした泰生が肉食動物のように潤を見下ろしてきた。

食べられる——っ。

泰生の迫力に思わず目を瞑った潤だが、その瞬間、股間の熱を摑まれてしまった。

「ひっ……ん」

一瞬イッてしまうかと思ったが、摑む手が思いのほか強くてとどまる。

「ぁ、あ……泰、生」

快感がすぎて苦しかった。

熱はもたげきっているのに、泰生がその大きな手で阻《はば》んでいる。

助けて欲しくて名を呼ぶ潤の額に、泰生が自分のそれをこつんと触れ合わせた。

「そんなにいきたいか？」

がくがくと震えるように潤が頷くと、泰生はこれ以上なく楽しげに目を眇める。

「じゃぁ、それを言葉にしてお願いしてみろ」

泰生の髪から次々にシャワーの雫がしたたり、潤の顔に伝っていく。

どうしてこんな恥ずかしいことを言わせようとするのか。ひどいことをするのか。

泣きたい思いで嫌だと首を横に振るのに、泰生の黒瞳は言わないとこのままだぞとばかりに
ただじっと見つめるばかり。

「……い、かせ…て」

震える唇で何とか言葉を紡ぐと、泰生は目の前でその官能的な唇をにぃっと横に引っ張った。まるで闇の支配者のように黒い笑みだ。

「んじゃ、ご褒美《ほうび》だ」

その言葉を実証するかのように、ようやく快楽を与えてくれる。

「あぁっ…ぁ——…」

泰生の大きな手が数度熱を擦り上げただけで潤は精を吐き出してしまった。

同時に羞恥心で涙がこぼれ落ちる。嗚咽が喉をついて出て、子供のように泣いてしまう。

「あぁ、こら、んなに泣くなよ。あまりに可愛かったから、ついいじめただけじゃないか。ほら、潤。潤？」

今までのいじめっぷりが嘘のように泰生がひどく甘い声で宥めてくる。覗き込んで、涙を食むように唇を寄せてきた。

「真っ赤な顔をして、おまえ本当に可愛いな。少しのぼせたのもあるか？　よしよし、移動するぞ」

出しっぱなしだったシャワーを片手で止めると、泰生はまた軽々と潤を抱き上げてバスルームを後にした。

ひやりと空調のきいた室内に移動した泰生は大きなベッドに潤をおろすと、途中で引っかけて持ってきたバスタオルを頭から被《かぶ》せる。がしがしと濡れた髪を拭いてくれたあと、やっとベッドに寝かせられた。

ようやく涙が止まってきた潤は、その冷たいシーツが気持ちよくて頬をすりつける。それを見て、泰生が小さく笑った。

「ちょっと待ってろ」

立ち上がった泰生だが、バスローブを着てすぐに戻ってくると、手にはペットボトルを握っていた。片手を首の後ろに差し入れて、ボトルの飲み口を潤の唇に当ててくれる。

「ん……」

冷えた水が美味しくて、喉を鳴らしてボトルの半分くらいを飲み干してしまった。

「もういいか?」

潤に確認を取った泰生は、残りを一気に呷《あお》る。喉が大きく上下するのをぼんやりと見つめた。

意地悪な泰生だけど、面倒見はいいよな……。

空のペットボトルがきれいな放物線を描きながらゴミ箱へとシュートされるのを見ながら、潤は変なところに感心する。

「おまえ、音《ね》を上げるのが早すぎ。もっと体力をつけろ」

ぐったりベッドに懐いたままの潤を泰生が呆れたように見下ろしてきた。そのまま、ゆっくり潤の上に覆い被さってくる。

「まさかこれで終わりだなんて思わないよな？」

「……っ」

冷えたボトルを握っていたせいだろうか。

ひどく冷たくなった人差し指が潤の首筋に触れる。

びくりと竦む潤を楽しむように目を細めると、今度は顔を寄せてきた。ちゅっ、と音を立てて首筋に小さなキスを落とし始めた泰生だが、薄い皮膚を通して伝わってくる熱い唇の感触に潤は背筋がゾクゾクした。

「ん、ん…っん」

無意識に体を縮こまらせるが、それを阻むように泰生が長い手足を使って潤の体をベッドに貼り付ける。体も、そのパーツさえも、何もかもが潤より大きい泰生だから簡単に押さえ込まれるが、泰生のしぐさはどれも甘やかすように優しかった。

「ぁっ……」

泰生の片手が体を滑る。

細い腕を手首から辿《たど》り上がり、脇から胸の上をさまよう。指先が胸元の尖りに触れ、潤が小さな声をもらしたのを見て、標的は見つかったとばかりに集中攻撃を受けた。

「ぁぅっ、ん……っん」

芸術品のように美しい指先なのに、いやらしいしぐさで潤の胸の突起を擦ってくる。つまんでは押しつぶし、揉み上げては爪を立てた。

「泰っ…せ、やっ…ぁあっ」

そこから小さな電流が生まれて、潤の体をおかしくする。下肢がむずむずし、鼻にかかったような甘えた声が止まらない。

「乳首だけでいくか?」

そう囁かれて泰生に握られたのは、すでにもたげきった己の熱だった。先ほどバスルームで一度いったのに、もうそこは雫さえこぼし始めている。

「ごめ……なさっい。ご、めんな…さい」

泰生は一度も熱を吐き出していないのに、自分ばかりまたいきそうになっている。恋人とのセックスなのに、自分ひとりだけがこんなに感じてしまって申し訳なかった。

「何を謝ってるんだ?」

「ひっぅ…うっ……触ら、ないでっ」

泰生が楽しそうに熱を擦り上げてくるから、潤は悲鳴を上げる。

「乳首で感じてごめんなさいって？」

「違っ……や、ぁ――…っ」

いってしまわないよう必死で我慢しているのに、それを煽《あお》るように泰生の大きな手が潤の熱を弄ってきた。先端に爪を立てられると一瞬息が止まった。

「じゃ、何だよ？　潤、言え」

いつも意地悪な泰生だが、行為が始まってからはいつも以上に意地悪な気がする。

潤は涙の浮かぶ目で睨みながら、何とか息を整えようとした。

「ひとり、で…感じて、ごめん……さい」

己の熱を包む泰生の手に爪を立てながら潤は口にする。と、泰生は虚を衝かれたように動きを止めた。

「あーあ、何だよ、この可愛い生き物は」

泰生がしかめた顔を隠すように、潤から顔を背けて独りごちている。

「泰…生……？」

潤が呼ぶと、泰生が潤の顔を両手で包んできた。

「そんなにおれが好きか？」

「――好き」

「おれに触られるだけでそんなに感じるのか？」

泰生が愛しげに見下ろしてくるが、その質問には恥ずかしくて答えられない。潤はそれでも何とか頷きで返すと、泰生は潤の鼻の頭に自分のそれをぐりぐりとすりつけた。

「しょーがない。もっといじめてやりたかったけど、今日は許してやる」

そう言うと、潤の体をうつぶせにひっくり返した。

「あ、の……泰生？」

枕を腹の下に入れられ、腰を上げた己の姿に潤は焦ってしまう。背後にのしかかるような泰生を振り返ると、先ほど空港の薬局で買った何かを取り出していた。

「ひとりで感じるのは嫌なんだろ？　だから、一緒に感じる準備だよ」

淫猥《いんわい》な笑みを見せられ潤は顔を赤らめるが、泰生の指が伸びてきたところに仰天《ぎょうてん》した。

「やっ、泰生、そこ、は――っ」

尻の狭間《はざま》に滑り込んできて、蕾《つぼみ》に何かを塗りつけるように指が動く。

「う、……っひ」

潤が固まっていることに気付いた泰生が楽しそうに背後から覗き込んでくる。

「男同士のセックスはここを使うんだよ。すげぇ気持ちよくしてやる。初めてがおれでよかったな。もっとも、この先も誰かに譲る気はねぇけどな」

ぬめる指先は、思ったよりスムーズに中に入ってきた。

「ん――…」

泰生に指で押し開くように弄られ、内部を探るように動かされる。その間、泰生の宥めるようなキスが唇に頬に首筋にと落とされた。

下肢で動く指は容赦ないのに、そのキスはひどく甘やかで、潤の快感をゆっくり引き出していく。

「ぁっ、ぅんっ……ぁ、っあ」

ずいぶん長い時間をかけてほぐされた。

男なら誰でも感じると言われた前立腺を見つけ出し、潤が泣き出すまでいじめられた。

ようやく仰向けに体勢を変えられたとき、潤の顔は涙でぐちゃぐちゃになっていた。

「おまえの泣き顔を見るのが、ホントは一番好きかもしれねぇ」

荒い息を吐きながら泰生はそんなことを言って潤の両足を抱え込んだ。ジンと痺れるほど弄られたそこに、猛《たけ》った熱が当てられる。

「潤、一緒にイイ気持ちになろうぜ」

言葉と共に、大きな塊《かたまり》が押し入ってきた。柔らかくほぐされた内壁をゆっくり擦り上がってくる。

「ぁ、あ……っあ…」

内側を大きく開かれていく感覚に、ちかちかと視界に点滅が走った。

泰生と今ひとつになっているんだ……。

そう思うだけで、潤の全身に甘い痺れが満ちる。

「う――っ…」

「ぁうっ」

泰生の呻く声が聞こえたとき、潤は自分の熱があっけなく弾けたのを知った。

「は、ぁ……っ、ぁ」

泰生が脚の間から驚いたように見上げてくる。その視線が恥ずかしく、またいたたまれなかった。

「ごめん、な…さい……」

顔を覆って潤が謝ると、泰生が笑っているのが体を通して伝わってくる。

「おまえ、本当におれが好きだな。入れられただけでいっちまうのか」

「ん、っ……は」

その笑いが振動となって、潤の小さな快感を掘り起こしていることに泰生は気付いているだろうか。

「ま、いい。何せ潤だしな。んじゃ、そろそろ動くぞ」

泰生が言葉を発すると、体がゆっくり揺すられた。泰生の雄《おす》が内部を擦り上げていくのが生々しくてシーツに爪を立てる。

「あ、ぁ……っ、やぅっ」

直接的な刺激に、潤の熱はたちまちのうちに硬く勃《た》ち上がった。

潤の膝を抱える泰生には、そのしどけなく揺れる姿がはっきり見られてしまっているだろう。そう思うとまた泣き出したい気持ちがした。

「お、まえ、たまんね……」

泰生が唸《うな》るような言葉と共に伸び上がるように潤に覆い被さってくる。それにともなって、内部が深く抉《えぐ》られていく。

「ぁ、く———…」

潤が快感をこらえてようやく目を開けると、泰生が狂おしい熱を孕ませて見下ろしていた。

「セックスがこんなに気持ちいいなんて初めてだ。おまえ、やり殺されるかもしれねぇな。どうするよ?」

潤はそんな泰生の物騒《ぶっそう》な眼差しにさえうっとり微笑んでしまう。

今の余裕のない泰生が嬉しいと思った。そうさせているのが自分であるのがひどく誇らしい。

泰生の欲望が、熱が、愛しくて潤は泰生にしがみついていた。

「幸せだから、いい……」

ちっと頭上で舌打ちが聞こえる。

「おまえって最強だよな」

潤にはわからないことを呟くと、泰生がまた動き出した。

「ん、ぅんっ……は」

濡れた音が恥ずかしかったのも最初だけだ。すぐにそんな余裕もなくなった。

押し入れて、引きずり出し、突き上げて、こね回す。その力強い動きに潤は何度も高い悲鳴を上げた。

泰生の激しい欲望に、潤の体や感覚は、嵐の夜に水面《みなも》に浮かぶ木《こ》の葉《は》のようにくるくると翻弄された。その倒錯《とうさく》的な感じがたまらなく甘美だった。

「潤、潤……っ」

泰生が熱っぽい声で潤の名前を呼んで、動きを激しくする。

必死にしがみつくも、それをふりほどくように泰生が揺すぶってきた。潤の胸元に唇を押しつけ、肌を吸い、紅い印を作っていく。

「ぁあ、ぃや……泰、せ…、いやっ」

三度目の快感がすぐそこに見えていた。

今度だけはひとりで感じるのは嫌だ。ひとりだけ、いってしまうのは寂しい。

泰生の欲望を体の中に感じるだけに、潤は切実に思った。

だから、泰生の肌に爪を立てて絶頂が間近であることを必死で伝える。

「おまえ、我慢というのを…っ、覚えろ。このエロガキっ」

「ぁ、っ——…っ」

ぐっと腰が強く押しつけられて、潤は甲高《かんだか》い悲鳴を上げてしまった。

「くっそ、引きずられ……っる」

泰生が呻くように呟いて、速度を上げて揺すぶってきた。中を抉る泰生の熱がさらに大きさを増す。

「…っ、ほら、いけ」

泰生の言葉を聞いた一瞬あと、潤の全身が大きく震えた。

「っひ、ぁぅ——」

嬌声《きょうせい》が響いて、潤は精を吐き出していた。同時に、内部にある泰生もいったのがわかって、
潤の絶頂はさらに深くなる。

「ぁ、は……」

覆い被さっていた泰生が荒い息をついてゆっくり体を離した。熱が抜け出ていく感覚に、潤は体を竦ませる。

「大丈夫か？」

横たわったままの潤を後ろから抱くように泰生が腕を回してくる。

泰生の指先が、充足感に満たされている潤を甘やかすように触れていく。髪をかき分け、鼻をつまみ、唇に触る。官能の匂いがしないその優しい指はひどく気持ちよかった。

汗が引いていくのを感じながら、潤は窓へと視線をやる。

ベッドサイドのライトだけが点る室内は暗いが、それゆえに窓からの景色は鮮やかで、思わず目を奪われていた。赤や青のライトが美しい滑走路を、今まさに飛び立とうとしている巨大な飛行機の姿に。

「……っ」

また泰生はあれに乗って行ってしまうのだ。

けれどそれに思いいたると、急に潤は寂しくてたまらなくなる。

自分を抱いている泰生が世界中で活躍するモデルであることがほんの少し憎らしくなる。

「どうした？」

そっと唇を噛んだ潤に気付いたのか、泰生が覗き込んできた。

「……明日、また行くんですよね？」

コレクションの合間を縫って会いに帰ってきてくれたのだ。仕事に戻るのは当然なのに、潤は消沈《しょうちん》した声が出るのを止められなかった。

「寂しいか」

泰生が擽ったそうに喉で笑って潤の目元に唇を落としてくる。

「でもな、その前におまえは自分の心配をしろよ。今日は帰さないし、この後も寝かせないからな」

ぎょっとした潤を悪戯っぽく細めた目で泰生が見下ろす。

「だからそんなことを考えるのはもっと先でいいんだよ。本当にバカなやつだな」

ひどく優しげな口調で、『バカ』と口にする。まるで『愛しい』と言っているみたいに。

潤は後ろから抱きしめてくる泰生の腕に自分からまたしがみつくのだった。


Ｆｉｎ．

不純なラブレッスン

夏の盛りだというのに、空調システムで管理された部屋は寒いぐらいだった。

天井《てんじょう》の高い、インテリアショップのディスプレイにも似たグレーと白を基調としたおしゃれな部屋は、アクセントに使ってある深いブルーが涼しげな印象を与える。

メタリックな質感さながらのソファは意外にも座り心地はよかったが、潤《じゅん》の眼差しは不安げに空間をさまようばかり。先ほどからもぞもぞと膝をすり合わせてしまっていた。

「落ち着かない……」

眉をハの字にして潤はひとりごとをもらす。

今、潤は恋人である泰生《たいせい》の部屋にいた。

ヨーロッパでの連日のコレクションを終えて日本に帰ってきた泰生と今まで数回慌ただしく会っていたけれど、ようやく今日、久しぶりにゆっくり会う時間が取れたのだ。とはいっても、日本に戻ってきても何かと忙しい泰生は、実は今日も朝から一本仕事を終えてきたのだという。待ち合わせの場所にタクシーで現れた泰生はそのまま潤を攫《さら》ってこの場所へと連れてきた。図らずも、潤は初めて恋人の部屋に招かれたというわけだ。

しかし、家主《やぬし》がいない空間で自分が何をしていいのか。どこに視線をやっていいのか。

潤はまったくわからなくて、途方に暮れていた。

仕方ないよ。恋人の部屋以前に、他人の部屋に入るのさえ初めてに近いんだから……。

誰ともなしに言い訳なんてしてみるが、それを本当に訴えたい相手は今いない。

潤をこの部屋に攫ってきた泰生は、仕事をして汗をかいたからとひとりさっさとバスルームへ消えてしまった。だから、泰生に取り残されたときのまま、潤はちんまりとソファに座っているのだ。

「そうだ。参考書」

まもなく始まる塾の夏期講座の参考書を一応カバンの中に突っ込んできたことを思い出し取り出しかけるが、恋人の部屋に来てそういうのは果たして正しいのだろうか。

はたと手を止めて考え込む。

友人関係のスキルさえまともにない潤なのに、そこを一気に飛ばして恋人なんてできてしまった。何もかも手探りの状態だからほとほと困ってしまう。

「——何やってんだ、潤」

ひとり思考にふけっていた潤は、突然背後《はいご》からかけられた声にびくりと飛び上がってしまった。振り返ると、いつの間に浴室から出てきていたのか、バスローブ姿の泰生が潤の肩越しに覗《のぞ》き込むところだ。

「……あ」

取り出そうとしていた参考書を慌ててカバンに突っ込むが、泰生には見られてしまったらしい。

「くっ……」

噴き出すような声のあと、リビングに泰生の笑い声が響き渡る。腹を抱えるような泰生の大笑いに、潤はそれこそ消え入りたいような恥ずかしさを味わった。

「おれの部屋に来て参考書出すやつなんて初めて見た。あぁ、癒《いや》された」

ひとしきり笑った泰生は、ひどく上機嫌《じょうきげん》な様子で潤の隣に強引《ごういん》に体を割り込ませてくる。

ひとりで座るには大きいソファだが、決して二人で座る大きさではない。その証拠に、ワイドシングルといったこのソファには向かい合わせでもうひとつ同じものが鎮座《ちんざ》しているのだ。

なのに、潤が座っているソファに泰生はむりやり座り込んできた。当然、二人の密着度は高くなる。

「泰生っ」

冷房で冷えた体にシャワーを浴びた泰生の体温はひどく熱かった。ボディソープのものと思われる香りは、泰生の普段使っている香水と一緒だ。

だからだろうか。泰生に触れる肌以上に体の奥がじんわり熱を持つ気がして焦《あせ》った。

今くっつかれると困る……。

「どうしてこっちに座るんですか。あっちのソファに座って下さい」

「いーや」

潤が慌てるのを面白《おもしろ》がるように、さらに腕を回して抱き人形状態だ。

「わっ、わっ、わっ」

泰生の形のいい鼻先が潤のうなじに潜《もぐ》り込んでくる。首筋を擽《くすぐ》るようにそれが上下に動いた。

「何、明日試験なわけ？」

「違い…ます」

「んじゃ、何で参考書なんて見てたんだ？」

「手持ちぶさたで……」

「っくく。手持ちぶさたって、やることはいっぱいあるじゃね。バスルームに忍び込んでくるとかさ」

「えぇっ」

潤が驚くと、泰生はその反応を待っていたようにことさら淫靡《いんび》な雰囲気で潤の耳たぶに嚙みつく。

「恋人がシャワーを浴びていたら普通乱入するでしょ？　いちゃいちゃしてぇじゃん」

「っ…、し…したかったですか？」

そうなのかと潤は申し訳ない気持ちで泰生を見るが、目の前の恋人はたまらないと笑いに顔を歪《ゆが》めていた。

「泰生っ」

「別に嘘《うそ》じゃねぇって。いちゃいちゃしてぇよ？　おれはいつだって」

からかってばかりの泰生を押し退《の》けようとする潤だが、泰生はそんな潤にのしかかるように抵抗を封じてくる。

「ってことで、遠慮なくいちゃつこうぜ」

「っん、だか……らっ…ぁ」

泰生の唇が遊ぶように首筋を食《は》んでいく。その刺激に潤の肌はざっとあわ立った。それを宥《なだ》めるように泰生の手が潤の腕を優しく撫《な》で上げる。

「っあ、あっ」

シャツの袖《そで》から忍び込んでくる長い指――腕の内側の、皮ふが柔らかい部分を微妙なタッチで触れる泰生の親指に、潤は思わず声がもれた。

皮ふが薄いせいか、指の硬さも些細《ささい》な力加減も直《じか》に伝わってきて腰の奥が甘く疼《うず》く。

「待って。待って下さ……んっ」

「おまえ、ホント色んなとこが敏感だな」

ぞろりと舐《な》め上げられたうなじを思わず竦《すく》めると、泰生の笑いを含んだ声が耳元で囁《ささや》かれた。

袖口から忍んできた指は脇をかすめ胸の方へと移動していく。

「っぁ、ぃた……ぃ」

その動きで袖が引っ張られ、生地が腕に食い込んで少し痛い。

「甘えた声を出しやがって」

舌打ちのあと、泰生の指が袖口から引き抜かれた。代わりに、襟元《えりもと》のボタンが性急に外されていく。

「潤、顔を上げろ。キスできねぇだろ」

急《せ》いた声に顔を上げると、泰生の面《おもて》にはひどく滾《たぎ》った欲望の色が宿っていた。

「ぁ……っん」

それを確認したとたん、唇がふさがれた。

ソファの背に沈み込むように強く口付けられ、熱い舌が唇を割ってくる。逃げるように縮こまっていた潤の舌を見つけると、強引に搦《から》め捕《と》られた。

「う…ふっ……ん、ん、っ」

ぬらりと粘膜同士が擦《こす》りあわされる感触にぞわぞわと背筋が疼く。それが両腕へと伝染していくと指先が震えた。

顎《あご》を捕らえていた泰生の手が、そのまま首筋を下りていく。ボタンを外され露《あらわ》になった肌をセクシャルな意図をもって擦られ、撫でられた。喉骨《のどぼね》、喉元のくぼみ、肩へと伸びる細い鎖骨《さこつ》を辿《たど》りながら肋骨《ろっこつ》に触《さわ》るように体の中心へとまた戻っていく。

「……っ」

その途中で、胸の尖《とが》りをかすめた。

とたん跳ねた潤の体に、泰生が小さく笑うのがわかった。

「敏ー感」

泰生の舌がねっとりと唇を舐め、こぼれた唾液《だえき》を首筋まで追いかける。

「あ、っあ、ぁ…んっ、は……っふぅ」

指先は胸の上にあった。迷子《まいご》のようにくるくると尖りの周りをさまよう。決して胸の尖りに触れることなく、焦《じ》らすように関係のないところばかりを擽っていくのだ。

「ぁうっ…ん、ゃ、泰……生」

いつの間にか、潤は泰生の脚の間で後ろから抱えられていた。胸元で自由に動く泰生の手を潤は止めようがない。

「っぁ、あっ、ぁ…ぅ――っ」

「おっと」

泰生の指先が尖りをほんの少しかすめただけで泣きそうになった。

違うところばかりをさまよう泰生の指を捕まえてしまいたい。いっそのこと、自分で――。

「腰、揺れてるぜ？」

耳朶《じだ》をあめ玉みたいにしゃぶっていた泰生が喉で笑いながら言う。

その瞬間、さっと羞恥《しゅうち》で体が硬直した。

淫《みだ》らなことをしようとした潤をひと足早くとがめるようなタイミングだった。

「いいぜ。乳首、弄《いじ》って欲しいだろ？　んじゃ、何て言えばいいかわかるよな？」

「う……」

くるりと、言葉を誘うように泰生の指が尖りの周りを踊る。

泰生とセックスをするのは今日で三回目だ。

普段も意地悪な泰生なのに、セックスの際はさらにその度合いを増す。潤を泣かせるまでいじめたり、恥ずかしがらせたりするのだ。

こうやって言葉を強要されるのも潤にとっては恥ずかしくて耐え難いことだが、泰生は嬉々《きき》として言わせたがる。

「潤？」

耳朶にゆるく歯を立てられ、首筋がざわざわした。

先ほどからの的《まと》を外すようなきわどい愛撫《あいぶ》で、体の中に快感が燻《くすぶ》っていて重苦しい。突き抜けるような快感ではないだけに気だるく、唇が震えた。

「…て……下さい」

「ん？　何。んなちっちゃな声で言われても聞こえないって」

唇を何度も噛んで、震える息を整えて、潤は泣きたい思いでもう一度口にした。

「おれの乳首…弄って下さい」

恥ずかしさを振り捨ててようやくそれを口にしたのに、泰生は小さく笑ったあと。

「はい、不正解。『おれのいやらしい乳首を弄って下さい』だろ。やり直し」

さらに潤を追いつめてくる。

潤の目からたまらず涙がこぼれ落ちた。それが頬《ほお》に落ちる前に泰生の舌が舐め取る。

「今日は泣いてもだめ。つーか、逆効果だぜ？　時間はたっぷりあるし、おれもすげぇのってるし、腰が立たなくなるまで抱くつもりだから」

臀《でん》部《ぶ》に押しつけられた泰生の強ばりに潤の体は小さく震えた。

「っぁ、っあ…っ」

「だから、おまえがちゃんと言うまでいつまでも焦らしてやっていいんだぜ？」

「っ…く」

泰生が言っていることもやっていることもこんなに意地悪なのに、前髪をかき上げてくる泰生の指はどうしてこんなにも優しいのだろう。

「ぅ……おれの」

「ん？」

甘い響きの促《うなが》しに勇気づけられるように唇が動く。

「おれの…ゃらしい……乳首を弄って…っん――…っ」

言葉を言い終わる間際、泰生の爪が潤の胸の尖りを抉《えぐ》った。

その瞬間、まだ服を脱いでもいないのに潤は吐精していた。

「ん、っは、っは…ぁ」

「天然《てんねん》でエロいって恐ろしいよな」

またひとりでいってしまったことを笑われるかと思ったが、潤を後ろから抱きしめる泰生はため息をついている。

「……泰…生？」

首を捻《ひね》って泰生を見やると、唇に音を立ててキスが落ちてきた。

「内緒《ないしょ》だ。ほら、こんなところで続きはしねぇぞ。立てるか？」

「続き…？」

ぼんやりしていた潤だが、行為にはまだまだ先があることを思い出して赤面《せきめん》する。

「まだおまえは満足できてないだろ？　ご希望通り、いっぱい弄ってやるぜ」

泰生の指先が胸の尖りをかすめていくと、潤の体は条件反射のように跳ねてしまった。が、その動きで、下着を汚してしまったことが思い起こされ、気持ち悪さに顔をしかめる。

「あの、泰生。その前にシャワーを貸して下さい」

それに泰生の体からはいい匂いがして、急に我が身を振り返ってしまったのだ。朝、家を出るときにシャワーを浴びてきたけれど、ここに来るまでにまた汗をかいた。

「なんで？　シャワーは浴びてきたんじゃね？」

泰生には準備万端《ばんたん》だとからかわれたのだけど。

「でも、汗もかいたし」

「あんがい潔癖性《けっぺきしょう》だよな、潤は。いい匂いだぜ、おまえって」

潤のシャツを剝《は》がしながらうなじに鼻先を潜り込ませてくる泰生に潤は焦る。

「匂いって」

匂いって、匂いって――っ。

潤は真っ青《さお》になって泰生を押し退ける。その拍子《ひょうし》にソファから滑り落ちたがかまわなかった。

「おい？」

怪訝《けげん》そうに潤を見下ろしてくる泰生に、嫌悪《けんお》の色はない。

だからそっと自分の腕を鼻先へと近付ける。くん、と鼻をならすが自分ではよくわからなかった。

「何やってんだ。ほら、いつまでも座ってちゃ続きができないって」

苦笑する泰生が潤の体の下に腕を差し入れて抱き上げる。急に抱え上げられ、バランスを崩しそうになった潤は慌てて泰生の首に腕を伸ばした。

「うわっ」

「何か幸せーつう匂いがするんだよ、おまえは。天気のいい日に草原に立っているような、な」

「く、草の匂い？」

「直訳すんな」

笑われて潤は困惑《こんわく》する。

が、そんなことを言い合っているうちにもうベッドに到着してしまった。

ベッドルームは、先ほどのリビングのクールさとは一転して深い緑のベッドシーツが印象的な爽《さわ》やかな空間だった。天井までの本棚にはさまざまな種類の本が詰まっている。

潤を軽々と抱えた泰生は、乱暴に足で上掛けをめくったベッドに潤を下ろす。

「あの、本当にっ」

「うっせ。いつまでもつまらないことを気にしてんじゃねぇよ。それに、おれにお預けをくわせようなんて、いい度胸じゃねぇか」

起き上がろうとした潤の体の上に馬乗りになった泰生が睨《にら》みつけてきた。潤の動きを一瞬で縛りつけるような力のある目は、潤が大人《おとな》しくなったとたん柔らかくほどける。

「そうやっていい子にしてろ」

と。

ベルトが外され、からかわれながら粗相《そそう》をしたズボンと下着を泰生の手で剝ぎ取られる。次に無造作に自《みずか》らのバスローブの紐《ひも》に手をかけた泰生だが、潤の見つめる視線に気付くとその動きをスローにした。まるで見せつけるようにゆっくりと紐を解《ほど》いていく。

「……っ」

はらりとはだけた胸元から彫刻家が彫り上げたような胸板が現れた。潤と同じ男のそれなのに、たちまちのうちに潤の体の奥に火を点《とも》す。

見られることを常に意識しているプロだからだろうか。まるでショーのような美しい動作でバスローブを脱いでいく泰生。すらりとした長い腕がバスローブから引き抜かれ、色気のある腰のラインが露になると潤の体は自然に震えてくるようだ。

ぺろりと舌なめずりするように淫靡っぽく微笑んだ泰生はバスローブを放り投げ、潤の目前に兆《きざ》し始めた自らの雄《おす》を差し出す。

「今日はちょっと趣向を変えてみようぜ」

唆《そそのか》すように言った泰生は潤の体を引き起こすと、耳元に唇を寄せてきた。

「フェラ、やれよ」

「フェラ……？」

言葉がわからなくて聞き返した潤に泰生は小さく笑ってその行為を教えてくれた。

ぎょっとした潤だが、先日の——二度目のセックスで同じ行為をされたことを思い出す。潤は泣いて嫌がったのに、泰生はひどく楽しげに吐精するまでやめなかったことも。

「あの、あの、あのっ」

「いいから、自分の好きなようにやってみな。この前一度やったから何となく覚えてるだろ？」

そう言われるともう前に進むしかない。

足を投げ出して座る泰生の間に座ると、そっと泰生の雄に手を伸ばす。おずおずと握り込むと、ぴくりとそれが反応した。

「のんびりやってんな。日が暮れるぞ」

苦笑されて、潤は覚悟を決めて唇を寄せる。先端にキスをして、ぺろりと舐めてみた。

この前はどうされたっけ。

懸命に思い出そうとするけれど、初めての行為に動顚《どうてん》して、さらには襲《おそ》ってきた快感にいっぱいいっぱいになって、行為の手順などほとんど覚えていなかった。

猫《ねこ》の子供のように舌で舐めていると、クスクスと笑い声が聞こえてくる。

「それで終わりかよ」

困惑して見上げるが、泰生の眼差しにからかいの色はなかった。

手の中にある雄がはっきりと屹立《きつりつ》しているように、妖《あや》しいまでに欲情している表情だった。

「ほおばってみな」

言われて、口を開ける。

欲望の大きさに困ったけれど、何とかのみ込んでみた。

「歯を立てるんじゃねぇぞ」

優しく髪を撫でる泰生のしぐさに鼓舞《こぶ》され、潤はとにかく愛撫をすればいいのだと努力する。

口の中で時にびくりと震える泰生の熱が次第に愛《いと》おしくなったせいでもあった。

そして、こうして奉仕しているだけで自分の体が再び熱くなっていくことに気付く。

口の中には性感帯があることを初めてのキスで教えられたけれど、それだけでこんなに熱くなるんだろうか。

またエロい体だって言われるかもしれない。

恥ずかしかったが体の発熱は止まらなかった。

「っん、ん……」

「潤、こっち見ろよ」

気のせいか、息が上がっているような泰生の声に視線だけを押し上げる。

目を眇《すが》めて泰生が見下ろしていた。潤と視線が合うと、喉が渇《かわ》いているように唇を舌でしめらせるしぐさを見せる。

「っんん」

口の中にある泰生の雄がさらに大きさを増して喉を突き、潤は思わずえずいた。

苦しい。けれどそれが倒錯《とうさく》的な快感へと変わる。

体がむずむずして熱くなって、先が欲しくなる。

この先って――……？

「たまんねぇな。んな顔見せられちゃ、しばらくひとりでヌケるぜ」

こぼれるほどの涙がたまった目で知らず泰生にそんな身の内を訴えていたのかもしれない。

「要領はメチャクチャだし、歯が当たって痛いってぇのにこんなにクるフェラも初めてだなんて、少し屈辱《くつじょく》だ。ったく最強だな、おまえ」

思考が快感に煙《けぶ》っていて泰生の言葉がうまく頭に入ってこない。

ただただ言われるまま、泰生から視線を外さないことで精一杯だ。

「っ…。もういい」

泰生に頭を押されて、潤はようやく起き上がる。快感にぼうっとしたまま泰生の顔を見ていると、ぐしゃぐしゃと頭をかき回された。

「ヘタクソだな」

しかし、言葉とは裏腹にひどく満足したように深いキスをされた。

泰生の形のいい鼻が何度も交差し、唾液をすすり舌を絡められる。

「っは、ぅ…ふ……っ」

「ヘタクソだったけど、ま、頑張ったご褒美《ほうび》はやらなきゃな」

長い長いキスのあと、喘《あえ》ぐ潤の唇を舐めながら泰生の手が肌を下りていく。しっかり勃《た》ち上がった潤の熱に指先を絡ませると雫《しずく》を絞り出すように動かされ、潤は思わず腰を捻った。

「ぁ、っん」

「おれのをほおばっただけでこんなに硬くしてんのか?」

「ぁあ、っあ、んん――…っ」

潤を抱き込むようにベッドに倒れ込むと、泰生の唇が胸元に落ちてくる。弱みである胸の尖りを舐められると潤の熱が泰生の手の中で大きく反応するが、それをさらに追い上げるように揉み込む動きをされた。

腰が動いてしまうのを泰生は体で押さえ、指はさらに奥へと忍んでいく。

「ぁ……ぁ…」

双珠《そうじゅ》をこね回し潤を存分に泣かせたあと、ようやく目的の場所へとたどり着いた。覚える快感の深さに潤は少し竦んでしまう。

そんな潤に気付いたのか、泰生がそれまでの愛撫でぷっくりとふくれた胸の尖りを歯牙《しが》でゆるく挟《はさ》む。恐れも期待も何も考えられなくしてやるとでもいうように、そのままきりきりと歯ぎしりするように擦りあわされた。

「あう、ぅ…んっ、んっ」

脳天まで突き抜けるような鋭い感覚は痛みなのか快感なのかわからないほど。

「ぁあ、だめ……だ…っめ、ぃや」

「何が、嫌なんだよ?　もうトロトロじゃね、ローションなんて必要ないほど」

そう口にはしたが、潤を傷つけないためか。泰生はローションでさらに蕾《つぼみ》をほぐしていく。

「っひ、ぁ…あ…ぁんっ、んーん…っ」

「っ…、むかつく。エロい声出しやがって」

「んっ」

蕾をほぐしていた泰生が乱暴に指を引き抜くと、潤の膝を大きく開いた。すぼまりに押し当てられた硬い切っ先にはっとする。

「まだきついかも知れないけど、うまくのみ込めよ?」

泰生の熱がゆっくり侵入してきた。

身の内に入り込む異物。

熱くて、硬くて、容積の大きいそれは、けれど潤にとっては愛しい以外の何ものでもない。

苦しいけれど、嬉《うれ》しい。

嬉しくて、愛おしい――――。

潤は知らず覚えていた呼吸の仕方で苦しさを逃がし、泰生の欲望を受け入れる。

「っふ、ん、っん……ぁ」

じゅん、と深いところから快楽がしみ出てくるのはすぐだった。粘性のあるとろりとした快感は腰の奥から次々にこぼれ出ては肌を這《は》い、体の隅々へと渡っていく。

「あ、っあ、待って…んぅっ」

泰生が小さく笑う声がした。

ざっと、つま先から頭の先まで肌があわ立つ。痺《しび》れとも疼きともつかないそれだが、口からもれるのは紛れもない嬌声《きょうせい》。

「ぁ…んっ、ぃや…だ、動かないで、まだ、まだ…ん—っ…」

待ちきれないように、泰生が膝裏を強く摑んで突き上げてきた。

「ぁ、ぁ、ぁっ」

泰生の手にかかると自分がまるで子供のように思える。

襲ってくる快感から逃げようとするのに、そんな潤をシーツの上に縫いとめ、揺り動かし、こね回し、鋭く抉るのだから。

「だ…め、だめ、だめっ」

「んだよ、もう音《ね》をあげるのか？　いつもながら早ぇな」

潤がぼろぼろと涙をこぼして弱音を吐くと、泰生の声がとろりと甘くなった。

酒など飲んだことがない潤だけど、きっと美味《おい》しい酒というのはこういう甘さがするのではないかと思った。決して甘いだけの砂糖菓子ではない。震えるような色香あふれる声音《こわね》だ。

「おれが好きならもう少し我慢《がまん》しな」

耳元で囁かれるその声音に潤はとろとろに酔ってしまう。

「っは…ぁ、っん、ぁうっ」

奥歯を嚙んで懸命に絶頂をこらえようとするけれど、体はなかなか言う事を聞かなかった。

それを必死で抑《おさ》え込むから背筋がぶるぶると震えた。腰が何度も大きく跳ねる。

「ぅ…んっ、んっ、ぁああっ」

喉からこぼれる淫らな声は部屋中に響き渡っていった。

「っ…たまんねぇ……っは…」

泰生が舌なめずりをしながら独りごち、潤の脚を抱え直して深い結合へと変える。

「っ――――っ…」

最奥へと突き刺さる硬い切っ先に潤は声にならない声を上げた。が、すぐにとろりと泰生の欲望を包み込む自らを自覚する。

自分がどんどん貪欲《どんよく》になっていくようだ。

自分こそが泰生をのみ込み、奥へ奥へといざなっている気がする。

「ったく、いい加減っ…おれも慣れろ…よ…っ」

そんな潤に泰生が腰の動きを速く、鋭くした。

「ん、ぁうっ…っ……んんっ」

「仕方…ない、このままだとおれがみっともねぇことになる……っ…一回いけ」

泰生のラストスパートの動きに潤は安堵《あんど》でガクガクと頷《うなず》く。

「ぅ……んっ………ぁ、好き……す…き……泰…生ぃ」

意地悪な泰生だけど、最後の最後はやっぱり甘やかしてくれる。

そんな泰生が愛しくて涙がこぼれてしまう。

舌打ちが聞こえたと思ったあと、泰生は潤をようやく解放してくれた。


「っ……ぅ……」

空いた席に腰を下ろしたとき、体の奥に鈍い痛みがあって潤は思わず呻《うめ》いた。

本当に腰がおかしい気がする。

行為に入る前に宣言されたように、あの後も時間をかけて愛された。電車の振動に何度も膝がくずおれそうになり、目の前の席が空いたときはホッとしたくらいだ。

塾でもないのに潤が帰宅するには少し遅い時間だったが、思った以上に学生の姿は多かった。夏休みを直前に控えるせいか、解放感を覚えているらしい彼らの笑い声がいたるところで上がっている。

家の人間に見つからないようにうちに入れるかな。

そんなことを少しだけ心配するが、電車に揺られているうちにどうにかなる気がしてきた。体がフワフワするような幸せな気分のせいだ。

泰生と付き合いだして、まだひと月ちょっと。しかしその大半を離ればなれですごしてきた。仕事でヨーロッパに行った泰生がようやく帰ってきたのは十日ほど前のこと。しかし、今をときめく人気モデルの泰生だから日本に帰ってきても忙しく、なかなかゆっくり会える機会がない。だから、こうして半日も一緒にいられて潤は嬉しくてたまらなかった。

しかもこの次の仕事は日本であるらしいから、また今日のようにゆっくりする機会もあるだろう。

「ぁ……」

ぼんやりそんなことを考えていると、手の中にあった携帯が震える。

泰生からだ……。

ディスプレイを見なくても泰生だとわかるのは、メールを交換している相手など泰生しかいないせいだ。

気まぐれで飽きっぽいと口にする泰生だけど、潤が思う以上に泰生はまめに電話をくれる。メールにいたっては潤が驚くほどだ。慣れない携帯電話に潤が四苦八苦《しくはっく》して返事を書いている最中に次のメールが届くということも一度や二度ではなかった。

が、今届いたメールを読んで、潤は赤くなった顔を隠すように俯《うつむ》いてしまう。

『はき心地を教えろよ』

行為の最中に汚してしまった下着の代わりに泰生から未使用の下着をもらったのだが、それが派手《はで》なビキニタイプで潤にとっては初めて身につけるものだった。

足を通したときに潤がずいぶん恥ずかしがったせいで、それをさらにメールでもからかおうという魂胆《こんたん》なのだ。

「あの人は……」

唇を尖らせて潤は抗議のメールを打つ。

夢中で携帯に向かっていると、目の前に誰かが立っていることにようやく気付いた。顔を上げて驚く。

「姉さん」

「今帰り？　遅いわね」

いつの間にか、潤の異母姉である玲香《れいか》が立っていたのだ。

モデルの仕事帰りなのかもしれない。いでたちや雰囲気が撮影の名残《なごり》をとどめているかのように普段以上に目を引き、今も電車中の男女の視線を一身に集めていた。

「あの、どうぞ」

潤の隣に座っていたサラリーマンらしき男がおずおずと玲香に席を譲るのを潤は感心して眺める。当然のように譲られて席に座る姉の姿も。

「姉さんが電車に乗るなんて、少し驚いた」

「あら、私だって電車くらい乗るわよ。気分が向けば」

姉ながら頼もしい答えだ。

「あなたこそこんな遅い時間に帰るだなんて、らしくないわね」

「それは……」

やんわりと苦言《くげん》を呈されて潤は口ごもる。

「どうせあの人が放さなかったんでしょ？　そんな香りをさせて帰ったら、お祖母《ばあ》さまがなんていうか知れないわよ」

「そんな香り？」

ぎょっとすると、玲香はあからさまにため息をついた。

「ボディソープかローション、借りて使ったでしょ」

泰生の香水はバスラインも含めて日本では未発売のものだから、と姉は言葉を続ける。

確かに帰り間際にシャワーを使わせてもらったけれど、使わざるをえなくなった泰生との行為を玲香に知られてしまったようで潤は居たたまれなくなった。赤面する潤に玲香は苦笑していたけれど。

「付き合うなとは言わないわ。けれど、あなたはまだ学生なのだからリスクが大きいのよ、あなたにもあの人にとってもね。だから、そのことをよく考えて行動しなさいってこと」

「……ありがとう」

クールな言い方だが心配してくれているのがわかって潤は嬉しくなる。

泰生を挟んで決裂した玲香との仲は、泰生のおかげで以前よりよくなった気がする。前はどこかよそよそしかった玲香の口調《くちょう》が少しだけだが砕《くだ》けている印象を受けるのだ。

こうして外で気軽に声をかけてくれるのも以前にはなかったことだった。

「ま、あなたに言ってもあの人が聞くわけがないわね」

メールが入ったようで早々に話を切り上げた玲香だが、その顔はどこか照れているようにも見えた。潤も、打ちかけだったメールを終わらせようと携帯電話に向き合う。

そんな時。

「――ヘタクソって、ひと言」

ふと聞こえてきた鋭い声に潤は顔を上げた。

「じゃ、マジそれが別れた原因?」

「最悪。自分がどれだけうまいのかって言いたいわ」

派手に化粧をした女の子の集団が潤のすぐ横で声を張り上げて話している。

「でもさ、エッチが上手《じょうず》だと確かにモテるよね」

「そうそう。三組のミキちゃんはフェラがうまいって男の間では有名らしいよ。実際、別れてもすぐに次の彼氏できるよね」

彼女達の赤裸々《せきらら》な話に潤は自分の方が恥ずかしくなる。しかし同時に、会話の中に今日知った単語を聞きとめてつい聞き耳を立ててしまった。

「伝授してもらっちゃえ」

「だよねぇ。次の男もフェラがヘタで別れるなんて絶対やだし」

「ヘタクソなんて言われっぱなしじゃ女がすたるって。うまくなって見返しちゃえよ」

「見返すって、何ー」

小さな笑い声が上がって彼女達の話はあっという間に別の話題へと移っていったけれど、潤の胸は嫌な音を立て始めていた。

今日、行為の最中にまったく同じことを言われたのを思い出したのだ。

『ヘタクソ』と。

あの時は行為に夢中で気にとめなかったが、世の中にはセックスがヘタで別れるカップルもいるのだと思うと背筋が冷たくなるようだった。

泰生はどう思っただろうと、急に今日のことが気になり始める。

このままでいいのだろうか。

漠然とした不安にみぞおちの辺りがずぅんと重くなる気がした。


夏休みが始まった。

が、学校は休みだが塾の夏期講座は毎日あって、受験生の潤はなかなか忙しい。

そんな中、ゆっくり時間は取れないけれど夕食に付き合え、と泰生から呼び出されたのは翌々日のこと。

「美味《うま》いだろ?」

黒のタンクトップ姿の泰生がきれいに筋肉のついた腕を潤へと伸ばしていた。その先に握られているのはスプーン。ついさっきまで潤の口に差し込まれていたものだ。

「う…美味しい」

「だから言っただろ。一度試してみろって」

肩を竦めながら、泰生は何のためらいもなくそのスプーンを自らの口へと運ぶ。

あ……。

「――間接キス」

まるで心を読んだみたいなタイミングで泰生の口からそれが飛び出し、潤はびくりとして泰生を見た。その反応に泰生の唇が左右に大きく引き上がる。

「かーわいい。何、その反応。小学生かよ、潤は」

「だ、だ、だ、だって！」

「セックスもしている相手に今さら間接キスもねぇだろ。もっと、ぐっちゃぐちゃなことやってるじゃね？」

「言わないで下さい」

潤は思わず己のスプーンを放り出して真っ赤になった耳をふさいでしまった。

おとといしたあれやこれやが一瞬にして頭の中に浮かんできたのだ。平静時に情事のことを思い出すと居たたまれなくなる。

「わかったって。とりあえずメシを食え、スプーンを握れって」

過剰反応する潤に、泰生は苦笑してようやく矛先《ほこさき》を緩《ゆる》めてくれた。今までとは正反対にかいがいしく世話を焼いてくる。

「ほら、グリーンカレー。もうひと口食うか？」

グリーンというよりは褪《あ》せたうぐいす色をしたカレーを口元へと持ってこられ、潤は泰生を睨みながら口を開いた。

辛いけど甘い。カレーが甘いなんて許せない気がするけれど、何か後を引く。

複雑な心境に神妙《しんみょう》な顔で咀嚼《そしゃく》する潤に泰生は楽しそうに目を細める。

「いいぜ、そっちと交換するか？　何せメニューは日替わりだからな。グリーンカレーが今度はいつ食べられるかわからねぇぞ」

「いえ、こっちでいいです」

潤は大人しく自分の皿にあるチキンと夏野菜の煮込みに手をつけることにした。

以前何度か来たことのある地下のカフェバーは今日もどこか懐《なつ》かしく怠惰《たいだ》な雰囲気で、騒がしいのが苦手な潤には居心地がいい。

フード系はメニューにはなかったが、店長がつくる日替わり料理は常連には有名らしく、カウンターでも数人がグラス片手に食事をとっていた。

「おまえさ、夏休みの間はここで夕食をとれよ。時間が取れそうだったらおれも一緒に食えるからさ」

先に食事を終えた泰生がもたもたとスプーンを口に運ぶ潤にそれを言う。頬杖をついて、愛しげに見つめてくる泰生に潤は困惑して言葉を探した。

「えっと……」

「あぁ、家でメシを食わねぇとジーサン達がうるさいか？　一度、挨拶《あいさつ》でもしておくか」

泰生の派手な容姿を見たら、あの人達は仰天《ぎょうてん》するのではないかと潤は慌てて首を振る。

それを見て泰生はため息をついた。

「だよな。まいったな、ガッコーなんてひと昔前の話だから感覚がわからねぇ。やっぱ、連日泊まりはできねぇよな？」

「でもっ、夏休みの今だったら何とか――」

潤は勢いのまま口にするが、泰生は苦く笑って腕を伸ばしてくる。いい子だとでも言うように、潤の頭をくしゃりとかき回した。

「よし、メシは食ったな？　んじゃ、行くか」

潤が食事を終えたのを見て、泰生は立ち上がる。いつにない慌ただしさに、あまり時間がないのだろうと潤も従った。

レジでもらったペパーミントのガムを口に入れながら、名残惜しい気持ちで階段に踏み出す。

次に会えるのはいつだろう。

先日会ってまた今日も会えたというのに、泰生を恋う気持ちは強くなるばかり。明日会えない、と思うだけでため息がこぼれてしまう。

泰生と知り合って初めて覚えた『寂しい』という感情はなかなか厄介《やっかい》だった。泰生と別れることにどうしようもなく切なくなって、心がちぎれるように痛むのだ。その後も傷痕がいつまでもひりひりと疼く。

それでも今日は、泰生も同じ気持ちでいることがわかったから救いだ。先ほどの泊まり云々《うんぬん》という泰生のセリフは、泰生自身も潤と会えないことが寂しいと思ってくれているのだと、鈍い潤にもわかる。

潤は自由のきかない学生だし、泰生は忙しいトップモデルだ。折り合いをつけて二人の都合のいい時間を見つけるのは難しかった。

自分がまだ学生であるのをこれほどもどかしく思ったのは初めてだ。

「潤、なぁに暗い顔をしてんだよ。さっきの話、気にしてんのか？」

苦笑したような声をかけられて顔を上げると、階段の途中で泰生が立ち止まって見下ろしていた。暗い階段のせいか、逆光のせいか。泰生の顔は見えなかったが、泰生には潤の顔が見えているのだろう。

軽快な足取りで潤と同じ段までまた戻ってくると、泰生は潤を腕の中に閉じ込めるように壁に両手をつく。

「泰…生？」

「手放せねぇよな、こんな可愛《かわい》いの」

ひどく甘い声音だった。愛されていると伝わってくるような柔らかさで、潤はなぜか急に泣きたくなる。

明かりの乏しい場所なのに、間近にある泰生の黒瞳はそれ自体が発光しているようにキラキラと光っていた。もしくは、どこかのわずかな光を反射していたのかもしれない。

宝石のようなそこに必死に見つめる自分の顔が映っていた。はっきりとそれが見て取れるのは、泰生も同じく潤を見つめているせいだろう。

「――できるだけでいい。おまえにできるかぎり、おれに会いに来い」

唇の先が触れるくらいの距離で囁かれた。潤が頷くと、泰生の唇に触れた。けれどそれは、潤が動いたから触れたのではなく、泰生がさらに距離を縮めたせいだ。

潤の唇をゆるく吸い、甘く噛んでくる。

「っん……」

唇のあわいを舌先で舐められてたまらず口を開くと、レモンミントの香りがする舌が滑り込んできた。舌を絡められ、潤は喉を鳴らす。

自分とは違う体温を敏感な粘膜で感じることにうなじの辺りがゾクゾクと痺れた。

「ふ…っ、っ……ん、っぅ」

潤の口の中にあるガムに気付くと、それを舌先で掬《すく》い自らの口へと奪い取る。数度唇を触れ合わせながら咀嚼をしたあと再び戻ってきた泰生の舌は、潤と同じペパーミントの香りになっていた。

コンクリートを踏みしめる自分の足から力が抜け落ちていくようだ。実際かくりと左足がくずおれそうになって潤は泰生に縋《すが》り付く。

「……っ、潤」

体中が甘く疼くようだ。それを知ってか、泰生がさらに熱を煽《あお》るように自らの熱い体を潤に押しつけてくる。

「っん……」

シャツ越しに感じる背中のコンクリートの冷たさがひどく気持ちよかった。

泰生の手がさらに深いキスを促すように潤の頬に触れたとき、階段を下りてくる足音が聞こえてきた。びくりとした潤だが、泰生のキスはやまない。

ピューッと冷やかすような口笛が二人のすぐ後ろを通りすぎていく。

周囲が暗いせいもあったが、泰生に覆《おお》い被《かぶ》された状態の潤にはそれが男だったのか女だったのかさえわからなかった。

「あ、っふ……」

泰生の唇が離れたのはそれからさらに時間が経《た》ってから。

「——続きは次回までお預けだな」

名残惜しげに濡《ぬ》れた潤の唇を舐める泰生は、最後に派手に音を鳴らしてようやくキスを終了した。ふらふらとする潤の手を引いて残りの階段を上っていく。

「禁欲なんてありえねぇ」

クスクスと笑う泰生に潤は顔を上げた。

「この年で右手に世話になるとは思わなかったってこと。すげぇことを教えてやろうか？　今朝、おとといの潤を思い出してヌイたんだぜ？」

泰生のあけすけなセリフに潤は顔を赤くする、が。

「あんなヘタクソなフェラだったのにな」

泰生の言葉に潤の心臓は大きく音を立てた。

「もっと精進《しょうじん》しろよ。次はあんなんじゃ許さないからな」

振り返ってくる泰生の顔は、やはり光の関係でよく見えなかった。だから、それをどんな表情で口にしたのか潤にはわからない。からかうようにか、呆れたようにか、など。

幸せな気分が一気に消失するようだった。

「っと、まずい。時間がおしたな。ここからひとりで帰れるか？　駅はすぐだけど」

ようやくネオンが眩《まぶ》しい道路に出る。

泰生は向かいのコンビニの中に見えた時計に唇を歪めていた。

「――潤？」

ショックから抜け出せずに呆然《ぼうぜん》としている潤に泰生が眉を寄せる。

「また、すぐ連絡するから」

そんな顔をするなとくしゃくしゃと頭をかき交ぜる泰生に、勘違いされていることに気付く。

「あのっ」

「ん？」

セックスが上手にならないと、いつか愛想《あいそ》を尽かされるのだろうか。

聞いてみたかったが、それをうまく口にはできない気がした。今は特に。

「仕方ない、駅まで送ってやる。行くぞ」

頭に乗せられていた大きな手はそのまま肩に下り、潤を軽く押し出す。が、それに逆らうように潤は足に力を込めた。

「大《だい》…丈夫《じょうぶ》です。駅はわかるしひとりで行けます。だから、泰生も仕事に行って下さい」

忙しい泰生の時間をこれ以上奪いたくなかった。

今は少しでも泰生にいい印象を持ってもらいたい――…。

引きつる唇を何とか動かしたのに、泰生は逆に眉をひそめてしまう。

「バーカ、そんな顔して強がるんじゃねぇよ。ほら、行くぞ」

泰生に引っ張られるように潤は歩き出すのだった。


夏休みだからか、それとも夏休みのせいか。夏期講座には週末も何もなかった。土曜日の今日も潤は三時すぎまで授業を受けて、先ほど帰ってきたばかりだ。それでもいつもより早い帰宅ではある。

こんな余裕ができたのなら連絡をすればよかったかな。泰生に会いたい……。

「いや、やっぱりだめだ」

先日、できるかぎり会いに来いとは言われたが、泰生のことだから自分の時間が空けばすぐに連絡をくれるはず。だから、そんな連絡がないということはきっと忙しいのだと、潤はなかなかこちらから連絡できないでいた。

それに、あさってには会う約束もしているし……。

そう思うと、少し会えなくても我慢できる気がした。いや、我慢しなくてはならない。

そして何より、潤には今重要な問題があった。

セックスがうまくなる――。

特に口淫《こういん》は、あさって泰生に会うまでに上手になりたかった。泰生もそれを望んでいると知って、その思いはさらに強くなっている。

何とかしてうまくなる方法を知りたいのに、しかし、今の潤はその糸口さえつかめていない。日を追うごとに潤の胸は重くなっていく。

「ふぅ……」

ソファの背に頭を預けて天井を見つめる。

フェラがヘタなせいで恋人と別れたと言っていたあの女の子は、上手だという友達に本当に伝授してもらえたのかな……。

先日、この悩みの発端《ほったん》となった電車で会った彼女達を思い出す。

潤にはそもそも悩みを相談できる友人さえいない。いや、たとえ友人がいても男同士のセックスなどとても相談できないかもしれないが。

だからあの女の子がとても羨《うらや》ましくてならなかった。

もちろん羨んでばかりいてもしょうがないから、自分ひとりの力でうまくなるためにはどうすればいいのか、潤は懸命に考えた。最初に考えたのがインターネットの存在だったが――。

「潤、あなたパソコンを貸して欲しいっておととい言っていたけど、今なら貸せるわよ」

洗い髪にタオルを巻いている玲香がタイミングよくリビングに入ってきた。もしかしたら夕方からでも出かけるのかもしれない。

「ううん。いい。もう大丈夫だから」

せっかくの好意だったが、潤は断らざるをえない。

潤はパソコンを持っていない。だから姉の玲香が持っているパソコンを借りたりしているのだが、検索をかけると履歴が残ってしまうことを、おととい貸してもらおうと声をかけた際に知らされた。

泰生がヨーロッパのコレクションへ行っていたとき、どこにいるのか調べたことがあったのだが、それを揶揄《やゆ》されたのだ。

『私のパソコンをタイセイの名前だらけにしないでね』

と。

玲香にとっては軽いジョークのつもりだったのだろうが、これから借りるはずのパソコンでいかがわしいことを検索しようとしていた潤にとっては心臓が止まるような発言だった。

そのため、ネットで調べることは早々に諦《あきら》めた潤である。

猥褻《わいせつ》な履歴を玲香のパソコンに残せるわけがなかったし、履歴が消せるとしてもいかがわしいサイトで万が一にでもウィルスなど拾ってきたらことだ。

しかしそのせいで、潤にとって唯一《ゆいいつ》と言ってもいい望みはついえた。泰生から精進しろと言われた日から何も対策が取れずに手をこまねいているわけだった。あさってまでにうまくなるのはもうムリかな……。

潤の口からは知らないうちにため息がこぼれていた。

「まったく、ほら」

が、そんな潤の鼻先に細長いパッケージが差し出される。

「これでも食べて息抜きをしなさい。思いつめた顔でため息ついて。タイセイは日本にいるんだからさっさと会いに行けばいいでしょう」

泰生に会えなくてため息をついていると思われたのだろう。

それも間違ってはいないから、玲香の好意を潤は喜んで受け取った。

最近玲香がお気に入りの老舗《しにせ》和菓子店のアイスキャンディだ。種類は少ないが美味しさは確かで、玲香はもう何回も取り寄せているらしい。

潤もなじみになったそれに舌を伸ばす。かりっとかじりつきながら、思考はいつしかまたセックスがうまくなれないかという悩みへと戻っていた。

先日のヘタクソな口淫をしたときの泰生の言葉をぼんやりと思い起こす。

『それで終わりかよ』

そうだ、泰生の雄をただ舐めているとそう言われたのだ。そして。

『ほおばってみな』

と。

「…ん」

だから、苦しかったけれど口に含んだ。

『歯を立てるんじゃねぇぞ』

とも言われたっけ。

優しく髪を撫でられたことも切なく思い出す。

歯を立てず、舌を使い、口の中で蕩《とろ》かすように――――。

「……っ」

膝の上にしたたり落ちてきた冷たい感触に潤ははっと我に返った。

いつの間にか、潤はアイスキャンディを雄の代わりに口淫の真似ごとをしていたのだ。唇の端からこぼれ落ちた溶けたアイスの液体がズボンを汚していて、恥ずかしさに赤面せずにはいられない。

場所も時も考えず何をやってるんだ、おれ……。

「潤？」

遠くにいた玲香にも不審《ふしん》げに問われ、潤はものも言えずにアイスキャンディにガリガリと歯を立てるしかなかった。

「まるでリスみたい」

苦笑する玲香には、潤が今何を想像していたのか、ばれてはいないようでホッとする。

「ねぇ。あなた、この家を出たらいいんじゃない？」

アイスキャンディを食べるうちに行き着いた木の棒に歯を立てていたら、思案げな玲香に声をかけられた。

「別に追い出そうってわけじゃないのよ。ただ、前々から思っていたの。あなたを見ることでお祖母さまは不機嫌になられるし、あなたはそんなお祖母さまに八つ当たりされる。ひどいことを言うようだけど、あなたの存在がここにあるのは両者にとってあまりよくないんじゃないかってね。それに、塾が終わってからこの家まで帰るのに、あなた、いつもずいぶん遅くなっているでしょう？」

思わぬ提案に潤はぽかんと玲香を見つめる。

「都心にお父さま所有のマンションが幾つかあるから、そのひとつを頂いたらいいのよ。普段顔も口も出さない薄情なあの人に、こんな時こそ出張《でば》ってもらいなさいな」

「あの、でも……」

「そうしたら、今よりずいぶんあなたは自由になれると思うわ」

言外《げんがい》に玲香がほのめかすものの中には、泰生との付き合いもあるのだろう。

それに気付くと潤はごくりと喉を鳴らした。

確かに、今の潤には制約ばかりがつきまとう。泰生と会う時間を作ることさえ潤にとってはひと苦労なのだ。

ひとり暮らしは大変だろうが、今より精神的に楽になるのは確かだった。

しかし、そんなことが可能だろうか。

「ま、考えておきなさい。あなたがその気なら私が力を貸してもいいわ。それに、都心にそんな部屋があると私も何かと都合がいいしね」

出かける準備にかかるのだろう。ひらりと潤に手をあげて、玲香がリビングを出て行く。

今まで考えてもみなかったことに潤は胸がドキドキした。

泰生との時間をもっと増やせるかもしれないなんて。

「いや、いや――」

浮き上がろうとする気分を潤は懸命に抑える。

今はそんな不確かな未来を夢見るより、切羽《せっぱ》詰まった問題の方が先だ。

とたんにどっと胸が重くなって、潤はため息をついた。

誰か、具体的に教えてくれないだろうか。

潤は切に願った。

しかし、結局何の対策も講じることができずに泰生との逢瀬《おうせ》の日がやってくる。

待ち合わせの書店で潤はため息をついていた。

何にもできなかった。このまま泰生と前と変わらないセックスをして嫌われないだろうか。

並ぶ本の背表紙をでたらめに指で辿りながら、またもれようとしたため息を唇の先で止める。

「ふ……」

泰生は少し遅れるらしい。前の仕事がおしているそうだが、今の潤は泰生に早く会いたいような、会いたくないような複雑な気分だった。

こんな気持ちになるなんて……。

泰生のことは好きなのに、まるで裏切っているような後ろめたさを感じる。

もちろんできるだけ多くの時間を泰生と一緒にいたい。

顔を見ていたいし、泰生の香りや体温を肌で感じたかった。触れ合って、抱き合って、抱きしめてもらって――。

けれど、そうして深く接することで泰生が潤に愛想を尽かすかもしれないと思うと、胸を掻きむしりたくなるような焦燥《しょうそう》感に襲われる。

泰生に対してマイナスとなるだろう要素はひとつでもなくしておきたい。経験豊富な泰生にとって、セックスの下手《へた》さは致命傷ではないか。

そう思うと、今の未熟なままで泰生に会うことを躊躇《ちゅうちょ》する気持ちが生まれてしまうのだ。

「あ……」

指で辿っていた背表紙のなかに、ハウツー本という見出しがあってふと顔を上げた。

そうか、セックスについてもハウツー本なんてものがあるかもしれない。

そうでなくても、大型書店だったらそれに準ずる本があってもおかしくない。

潤はそう思いついて検索コーナーへと急いだ。

そのものずばりな本がヒットして潤は一瞬だけ躊躇した。が、待ち合わせの時間まであまり間がないことを思うと尻込みする暇《ひま》はないと歩き出す。ゲイ関係の本が集まった棚で、マニュアル本と題したそれを見つけるのはすぐだった。

そっと本を手にとってページをめくる。が、中を見てすぐに卒倒《そっとう》しそうになって本を閉じ、元の場所へと収めた。

一瞬だけ見えた生々しいイラストに、潤の心臓はバクバクと大きな音を立てている。こんな本を置いておくなんてとてもできやしない。それどころか、レジにも出せないよ……。

諦めようと歩き出したけれど、泰生のことを思い出して、また棚の前に戻る。本に指を伸ばしかけたとき、タイミングよくポケットの中の携帯が震えた。

「っひ」

潤は思わず飛び上がってしまった。

「け、携帯か……」

おそらく泰生だ。書店に着いたら連絡すると言っていたが、今ばかりはすぐには出られなかった。深呼吸を繰り返して動揺を静めて、ポケットに手を突っ込んだ、が――。

「ねえ、君。男同士のセックスに興味があるの？」

横からひそりとかけられた声にぎょっとした。

いつからそこにいたのか。

壮年の男がすぐ隣に立っていたのだ。

メガネをかけたその男は学校の先生のように真面目《まじめ》な感じだったが、潤を見下ろす眼差しに

ているようだ。くたびれたネズミ色のスーツが冴えない風貌《ふうぼう》をさらに加速させて

いるようだ。

「いえ……」

「嘘を言ったらいけないな。見ていたんだよ、ずっと隣で。君は夢中で本を読んでいたね？」

気付かなかった。

さっきの驚愕《きょうがく》するような内容の本を潤が手にとったところを、この男には見られてしまったのだ。男の目的が何なのかはわからないが、まずい場面を見られたのは確かだった。

周囲には人気《ひとけ》がなく、今にも潤に向かって手が伸びてきそうな男の薄気味悪い雰囲気が訳もなく怖い。心臓が嫌な音を立て始めていた。

潤は後ずさり男から距離を取ろうとするが、男はその距離をあっという間に取り戻し、さらには縮めてしまった。

覆い被さるような距離で、男が口を開く。

「セックスに興味があるのなら、私が教えてやろうか」

その瞬間、潤ははっと息をのんだ。

喉から手が出るほど欲しかった選択のひとつを、いとも簡単に目の前に差し出されたのだ。

「――結構です」

けれどもちろんすぐに首を横に振る。が、一瞬空いてしまった間を男は見逃さなかった。

「嘘をつかなくてもいいんだよ。本当は興味があるんだろ？　そういう年頃だからね。なに、悪いことじゃないんだから、そう警戒しないで」

猫なで声を出して男はさらに体を寄せてくるが、潤はポケットの中で震え続ける携帯電話の存在に怯《おび》えようとする心を奮《ふる》い立たせる。

「本当に興味なんてありませんから」

はっきりと告げて男を押し退けるように足早に歩き出した。そして、未だ鳴らしてくれている携帯電話をポケットから取り出して耳に当てる。

『遅ぇぞ』

泰生の不機嫌そうな第一声が、潤の心に染みこんでくるようだった。

「泰生」

『潤？　どうしたんだ』

擦《かす》れたような潤の返事に、泰生の声音ががらりと変わる。わずかに心配するような色が混ざったそれに、潤の唇にはようやく笑みが浮かんだ。

「ううん。今どこですか？　すぐに行けます」

『いや、悪いけどもう少しかかる。書店の下にあるカフェにいるんだけどさ』

「あのっ、そこにおれが行ってはだめですか？　仕事が終わるのを、傍《そば》で待ちたいんです」

そう言ったときには、もうエスカレーターに飛び乗っていた。

書店にいたら、またさっきの男と顔を合わせるかもしれない。

そう思うと、情けないが携帯を持つ手が震えてくるようだった。

『そりゃ構わねぇけど……。潤、何かあったんじゃね？』

「ううん、本当に何も――」

「――君、足が速いね」

突然肩越しに聞こえてきた声に体が凍り付いた。

「おっと、危ないよ」

振り返ったそこに、さっきのメガネの男がいた。

エスカレーターが終わりに近付いたことに気付かずに足を踏み外しそうになった潤を、後ろから男が腕を掴んで支える。しかし、潤の足がリノリウムの床を踏んでも、その手は離れなかった。

汗でしめった男の手に潤の腕には鳥肌が立つ。

「離して下さい」

「大丈夫、最初はゆっくり話をしよう。ホテルが嫌だったらカラオケボックスとかどうだい？

二人っきりで話ができるよ」

「離して下さいっ」

声は優しげだが、潤の腕を摑む手は握りつぶさんばかりに力がこもっていた。

泰生がいるカフェは目の前だ。けれど、そこまでがひどく遠い。

「大きな声を出したらいけないな。君、S校だろ？　私はあそこの教師に知り合いがいてね。君がいつまでもそんなきかん気でいるつもりなら、ちょっと怖いことをしてもいいんだよ。停学とか、なりたくないだろ？」

夏期講座の帰りだから制服を着ていたのだが、それが仇《あだ》となった。

膝がガクガクと震えるようだ。抗《あらが》いたいのに、男の強い腕の力に引っ張られそうになる。

ふらりと足を踏み出しかけたとき、後ろから体に回された手があった。

「おれの潤に汚ねぇ手で触んじゃねぇよ、オッサン」

声と共にぐっと強く抱き寄せられ、覚えのある香りに恐怖で強ばりついていた体から力が抜け落ちていく。

振り返らなくてもわかる。

泰生だ。

「泰……ぃ……」

擦れる潤の声に、泰生が苛立《いらだ》つように短く息を吐いた。

「んな震えるぐらいなら、ちゃんとおれに言えっ」

怒られているのに、潤の心はじんわりと温かくなっていく。

泰生の心配する心が伝わってくるからかもしれない。

「な…何だね、君は。私はちょっとこの子に説教をしていただけで……」

「説教って、ふざけてんじゃねぇよ。嫌がるこいつをむりやりどっかに連れて行こうとしてたじゃねぇか」

泰生の鋭い声に男が恐れたように後ずさる。

「そ、その子が誘ってきたんだ。男に興味があるって縋り付かれたんだ、私は悪くない。私は仕方なく話を聞いてやっただけだ」

「っざけんな、潤がんなことをするわけねぇだろ」

「っひ」

泰生の怒号《どごう》に男は悲鳴を上げて走り去っていく。

「てめぇ、逃げんなっ」

「泰生っ、もういい。いいですっ」

それを追いかけようとした泰生を潤は引き止めた。

あんな男とはもう関わりたくない。一刻も早く忘れたかった。

必死な潤に追いかけるのをやめた泰生だが、憤《いきどお》りを抑えきれないとばかりに頭をかきむしっている。

「ったく。おまえ、よくオッサンに捕まえられてんな」

そうだ。以前も、こうして泰生に助けられた。

泰生と初めて会ったときのことだ。

まるでその時の再現のような今の状況に潤は改めて胸がじんわりした。

「泰生はおれの正義の味方みたい」

感慨深い思いで潤が呟《つぶや》くと、泰生は意表《いひょう》を突かれたような表情をする。が、すぐにくしゃりと口をへの字に歪めた。

「おまえ、だからそういうくさいことを言うのは——っ」

目元を赤くして、潤をじろりと睨んでくる。

「えっと……?」

が、困惑する潤を見て泰生は疲れたようにため息をつくと、潤を胸の中に抱きしめた。

「こんな潤だからそりゃ狙われるよな。ったく、おちおちひとりにもさせられねぇ」

「わ、わ、わっ」

ここがファッションビルのメインエスカレーターの前であることを思い出して潤は慌てる。いくら泰生のスキンシップに慣れてきたとはいえ、やはり人目が気になるのは潤にとって抜けないクセみたいなものだ。特に泰生が人目を引く容姿のせいか、ドラマの撮影か何かかと立ち止まる人もいて潤は落ち着かない。

なのに潤は、そんな泰生の腕に抗えないでいた。抵抗したらよけい泰生は面白がって腕の力を強めたりするけれど、今日のこれはいつもと違う気がしたからだ。

「た、泰生？」

「んだよ」

そっと呼びかけるとふてくされたように言葉を返してくる。

「だいたい潤も悪い。他の男に勝手に触らせんな、バカヤロ」

「ご…めんなさい」

「ったく。そもそも何であんなオッサンに――」

「――そこのお二人さん、いい加減に場所を変えたらどうかな？　目立ちまくっているけど」

泰生が何か言いかけたとき、突然背後から声をかけられた。それに、泰生は面白くなさそうに舌打ちする。

「忘れてたぜ」

泰生の腕がようやく離れてホッとするが、ひらけた視界に泰生と張る存在感のある男が立っていて思わず見蕩《みと》れてしまった。

泰生とは違いひどく柔らかい印象を持つ男だ。端整だが鋭い要素はひとつもない柔和《にゅうわ》な容貌《ようぼう》を持ち、色素の薄い髪を後ろでひとつに結んでいる。中性的だが、決して女性っぽく見えないのはその眼差しが凛《りん》としているからかもしれない。

「だろうね。いきなり駆け出していくから何が起こったかと思ったら――」

目の前の恋人とほんの少ししか変わらない長身のその男は、潤に視線を投げてふうんと楽しげに片方の唇を引き上げる。

「この子が新しい泰生の恋人？　パリコレの合間に泰生を日本に緊急帰国させた子だよね？　どんなわがままな子猫ちゃんかと思ったらちょっと印象が違ったな」

鋭くはないけれど遠慮のない視線に潤はたじたじとなった。思わず泰生の背中に隠れると、くすりと笑われてしまう。

「なぁに顔を赤くしてんだよ。潤、言っとくがこいつはこんななりしてるくせにバリタチだからな。気を許すんじゃねぇぞ」

「そ。タイセイとは好みが似ていてね、よく取り合いになるんだ。だから、君も僕の好みのはずなんだ。ちょっとタイプは違うけど」

印象の違う美形の二人から覗き込まれて潤は焦ってしまう。

「えっと、バリタチって何ですか？」

言われた内容はなにげに傷つくものもあったが、それでも泰生が今まで豊富な恋愛遍歴を経《へ》てきているのは潤も知っていることだ。だから、それより泰生のセリフの中にあったわからない単語を追求してみることにした。

が、聞かれた二人は一瞬力の抜けた顔をする。その後、泰生は外国人よろしく肩を竦め、もうひとりの男は小さく噴き出すという違う反応を見せた。

「なるほど。タイセイが我を忘れて飛び出していくはずだ。純だねぇ」

「うっせ。それより席に戻るぜ」

「先に飛び出していったのはタイセイの方だよ」

「仕方ねぇだろ」

潤の肩に手を置いたまま泰生が目の前のカフェへと歩いて行く。

もしかして、この人が泰生の仕事相手なんだろうか。

泰生の隣に並んだ男にちらりと視線をやると、にっこり笑顔を返されて慌てて首を竦める。

「八束《やつか》、手ぇだすんじゃねぇぞ」

「ふうん、珍しい。タイセイがそんなことを言うなんて。ますます興味があるな」

先ほどのエスカレーターがよく見えるテーブルについた二人に続いて潤も泰生の隣に腰かけた。六人席だが、そのほとんどのシートを占めているのは八束の荷物らしい。

「まずは自己紹介だね。八束啓祐《けいすけ》、スタイリスト兼デザイナーです」

正面に座った八束がジーンズのビスポケットから取り出した名刺を渡そうとしたが、潤が受け取る前に横から泰生にかっ攫われる。

「プライベートナンバーが入った方の名刺を渡すんじゃねぇよ」

くしゃりと手の中で握りつぶされたそれに視線をやっていると、不機嫌そうな泰生にじろりと睨まれてしまった。八束は楽しそうに笑っていたけれど。

「はいはい。タイセイと仲が良いのは学生時代の先輩後輩だからなんだ。あ、言っておくけど僕が先輩だからね。タイセイの態度がでかいからよく誤解されるけど。んじゃ君のこと、教えてくれるかな」

「橋本《はしもと》潤…です」

「あれ、それで終わり？」

男と言うよりきれいなお姉さんといった印象の八束に首を傾《かし》げられ、潤はそんな気はないのについどぎまぎしてしまう。

「八束、仕事」

ひどく低い声で泰生が二人の会話に割って入る。そして写真が貼られた書類をテーブルいっぱいに広げた。八束は苦笑しながらようやく潤から視線を外してくれた。

潤にはあまりわからなかったが、どうやらショーの打ち合わせか何からしい。

真面目な表情で八束と何事かを話し合っている泰生に、潤はつい見蕩れてしまった。

普段、映像のランウェイショーなどで表情をつくっている泰生はよく見るけれど、それにいたる過程はあまり見ることがない。

こんな真剣な眼差しで泰生は仕事に取り組むのだ。

以前、撮影の仕事を見せてもらったことがあった。あの時も胸が震えるような覚えがしたけれど、もしかしたら今はそれ以上かもしれない。

かっこいいな。こんな表情もするんだ。こんな男が自分の恋人なんて……。

そう思うと、視線が外せない。注文してもらったコーヒーを飲むことさえも忘れて、潤は泰生の横顔をじっと見つめてしまった。

小さな冗談《じょうだん》にやんわりと唇を緩め、何事かを考えるように厳しく眉をひそめたりする泰生は、時に潤にもちらりと視線を寄越してくる。

「っくくく。あぁ、もうだめだ。ホント、すごい子を見つけたものだね、タイセイも」

が、途中で八束が我慢できないように噴き出した。潤が顔を上げると、視線があった瞬間、また八束が大きく噴き出す。

「わかった、わかった。今日はもう切り上げよう。打ち合わせが延びたのはタイセイのせいだけど、潤くんとの時間をこれ以上奪うのはさすがに酷だと僕も思うよ」

テーブルに広げた書類をまとめ始めた八束に、泰生は苦虫を嚙みつぶしたような顔を見せた。

「あんたも時間がねぇんだろ？」

「タイセイよりはあると思うよ。っていうか、タイセイのこんな決まりが悪そうな顔、初めて見たな。ま、確かにあんな一途《いちず》な視線を送られたら擽ったくもなるよね。はい、片付け終了。っと、忘れるところだった」

何が何だかわからないが、八束はあっという間にテーブルを片付けるとシートにあった大荷物を軽々と抱えて席を立つ。

「はい、これ注文の品。未発売だから手に入れるのに苦労したんだよ。しかも急ぎって注文つけるし。その子にだよね？　僕も似合うと思うよ」

荷物のひとつから小ぶりの箱を取り出し泰生に渡すと、今度こそ歩き出した。

「潤くん、また今度ゆっくり会おうね」

潤に手を振ってあっという間に去っていく八束をあ然と見送る。

とらえどころのない人だな……。

泰生の周りには本当に色んな人がいる。それは泰生が強烈な個性を持っているからだろうが、今はほんの少しそれが羨ましいと思った。

「んじゃ、行くか」

立ち上がった泰生が、ジーンズのポケットに手を突っ込んで潤の方に体を傾ける。

「え？　行くって」

「恋人同士がすることと言ったらひとつしかないだろ？」

にやりと意味ありげに唇を引き上げる泰生に、潤の顔は一瞬にして燃え上がった。

さっさと歩き出した泰生を潤は慌てて追いかける。ビルを出たところでようやく泰生に追いついたが、その時には泰生はもうタクシーを止めていた。

「ところで、さっきは何であんなオッサンに捕まってたんだ？」

思い出したように言われて、潤はびくりとした。

隣に座った泰生に手を取られもてあそばれていた状態だから、潤の動揺はしっかり泰生にも伝わったはずだ。

案の定、泰生の視線がきつくなる。

「潤」

鋭く促され、潤はこれでごまかされてくれないかと最初の部分だけを口にしてみた。

「本を、見ていたんです。それで、目をつけられたみたいで」

「ただ本を見ていただけで目をつけられるわけないだろ。怒らねぇから言ってみ」

けれど、そう口にする泰生の目がもう尖っていた。だから潤は観念して、泰生にすべての経緯を話したのだった。

潤がすべてを話し終わるのと、タクシーが泰生のマンションに到着するのはほぼ同時だった。

「っ、泰生、痛いですっ」

釣りはいらないと傲岸《ごうがん》に運転手に万札を渡すと、泰生は潤の腕を摑んで部屋へと駆け上がる。自動ロックがかかる重いドアが閉まったあと、ようやく泰生の腕が外れた。が、泰生は潤をそこに置き去りにすると床を踏みならしてバスルームへとひとり入っていくのだ。

「泰生……」

どうしよう、すごく怒っている。

普段おしゃべりなくらいに滑《なめ》らかに動く口は、潤の話を聞いた頃から引き結ばれたままだ。もしかしたら軽蔑《けいべつ》されたのかもしれない。いや、軽蔑されただけではなく、嫌われたのではないか。

そう思ったら、たまらず潤はバスルームに飛び込んでいた。

「泰生っ」

泰生は頭からシャワーを浴びていた。しかしその身にはまだジーンズをまとったままだ。潤の足を濡らすシャワーはひどく冷たくて、もしかしたらただの水に近い温度かもしれない。それを少しだけ疑問に思ったけれど、見える泰生の背中は強ばったままで、潤は膝が震えるような気がした。

「泰生……っ」

喉から絞り出すような潤の声に泰生がようやく振り返る。

タイルの壁にもたれかかり、泰生が髪をかき上げた。水滴がしたたり落ちる前髪から、透けて見える漆黒《しっこく》の瞳が潤をひたと見据える。

こんな時なのに潤はその黒瞳に見蕩れた。

なぜかひどく悔やんでいるような色もにじんではいたが、圧倒的なのは滾るような怒《いか》り——ぎらぎらと、激しい胸の内が眼差しからほとばしるように生々しく、けれど生気あふれるそれは泰生を一番美しく見せる表情だった。

「来いよ」

呼ばれて、潤は迷いもなく泰生の胸に飛び込んだ。

「——ずいぶん軽はずみなことをしたもんだな。んな面《つら》してて、んな制服を着て、目をつける人間がいるのも当たり前だろ」

「ごめんなさい」

「おれがあの場にいなければどうなっていたか、わかってんのか」

「ごめん…なさい」

冷たいシャワーに震えながら潤は何度も謝罪の言葉を口にする。

「二度としないと誓え」

「もう、絶対、しません」

潤はひと言ひと言区切るように強い口調で誓うが、それでも泰生はまだ怒りが収まらないと、怒りの持って行きようがないと、鋭く息を吐いた。

だから謝罪を重ねようとした潤だが。

「もういい、謝るな」

泰生はため息をつくようにそれを止める。潤を抱く腕には優しさが戻ってきていた。

「やっぱおれか、おれのせいか」

「泰生？」

「……だよな。おまえが何でも真面目にとらえちまうって、うまくなれと言われたら努力しようなんて思っちまうって、おれは知ってたのにな。あー、やっぱおれが悪い。自分でも気付かないうちに少し浮かれてたのかもしれない」

誰へともなしに呟いた泰生だが、意味がわからなくて見上げる潤と目が合うとたちまち渋面を作った。

「だけど、やっぱ天然は怖ぇ。真っ直《ます》ぐすぎて逆に何をするか想像もできない」

深い深いため息をついている。

「だからって止めてもやれないけどさ」

後ろ手で温度を調整したのか、頭上から降り注いでくるシャワーは温水に変わっていた。

少し熱いぐらいの雨の中、潤を抱く泰生の腕が解けた。その両手で泰生は潤の頬を包むとそっと上向かせる。顔いっぱいに降り注ぐシャワーに思わず潤が目を瞑《つぶ》る、と。

「いいか、覚えておけ」

ひどく柔らかいキスが落ちてきた。

「おまえが恋愛に慣れないのもセックスがヘタなのも当たり前だ。おまえは初心者なんだから。そんなおまえこそおれは可愛いと思ってる。だから構うんだ。からかってみたくなる」

何度も、何度も――――。

今までの怒りが嘘のように優しく、震え上がっていた潤の心を包むようないたわりに満ちたキスをされた。その合間に、泰生がゆっくりと潤に言い聞かせるように言葉を紡《つむ》ぐ。

「これから全部おれが教えてやる。だからおまえはそのまんまでいい、ゆっくりいけ」

最後にそっと唇を吸われ、瞼《まぶた》を上げたそこには甘く意地悪な表情があった。

「手取り足取り、じっくり教えてやるぜ」

少し厚めの唇が潤の目の前でゆっくりとカーブを描き、官能的な色が生まれた。あでやかで華やかな泰生に潤は一瞬にして心までも奪われる。

「教えて下さい」

潤はうっとり見上げたまま口を開いた。

「泰生が全部、おれに教えて——」

泰生には今までも色んなことを教えてもらったし、そのせいで自分はずいぶん変えられてしまった。泣き虫になったたし、寂しいなんて気持ちも知らなかったもの。何より、泰生へと向かう激しい感情は怖いぐらいだ。

それでも、もっと知りたいと思ったたし、自分が変われるというのならもっと変わりたい。

泰生の手で変えて欲しい————。

「……おまえ、小悪魔《こあくま》の気《け》があるぜ」

なのに、泰生はわずかに目を逸《そ》らして忌々《いまいま》しそうに舌打ちしたのだ。

「泰生?」

「子猫タイプって、本当はおまえみたいなのを言うのかもな」

諦めたようにため息をついて、ようやく泰生が潤に視線を合わせてくる。

やっぱ、おれのタイプど真ん中だぜ、と囁いて。

「ぅ……ん………っ」

濡れた制服を全部むかれて、バスタオルに包まれるようにベッドへと連れて行かれた。二人で倒れ込む間も惜しむようにキスをする。

激しいキスにあっという間に息が上がってしまった潤に、泰生は喉で笑ってさらに深いキスをしかけてきた。後ろから抱き込むような泰生に潤は首をねじ曲げて応えているせいもあるのかもしれない。

差し入れられた舌で口の中いっぱいを舐められた。歯列を確かめられ、柔らかい頬の内側や上あごの辺りは特に執拗《しつよう》に擦られる。

「っ…っふ、ぅ……っ…ん」

唇を咀嚼され、甘く噛まれると、自分の唇が熱をもち腫《は》れぼったくなった気がした。口づけのため顎を大きく開かされるから、ベッドに側頭部が沈み込む。視界の半分がシーツのグリーンに覆われた。

泰生の手は潤を包むバスタオルの上をさまよい、潤の細い体の線を確認するようになぞっている。腰の辺りで一度止まると、肉が薄いせいで尖る腰骨を揉み込むように蠢《うごめ》いた。

「っぁ、ぁ、あっ」

大きな手で腰の辺りを揺り動かされ、刺激がダイレクトに奥に響いてくる。

こんな快感――――……っ。

「っん……っ」

背筋から次々に駆け上がっていく痺れのせいで視界が黒く灼《や》けていく。

「あうっ」

潤の体の下にあった泰生のもう片方の手もじっとしてはいない。バスタオルの内側へと忍び込んできて、胸の尖りをつねる。爪の先で引っ掻かれて潤は首を大きく仰《の》け反《ぞ》らせた。

「あ、っぁ、だ…だめっ」

苦しくて、泰生の愛撫から逃《のが》れるようにうつぶせになった潤だが、追いかけて上に覆い被さってくる恋人は容赦《ようしゃ》なくさらに快感を煽ってくる。

乱れたバスタオルから覗く腿《もも》に泰生の熱い手が触れた。汗でしっとり濡れた肌を確かめるように動くが、敏感な腿の内側をきわどいところまで撫で上げられる動きに潤の喉からは高い悲鳴が上がった。

胸の下で強引に蠢く泰生の指先は、尖りを摘り、押しつぶし、こね回す。しかし一方の泰生の手は、熱くなった屹立には触れず腿から鼠径《そけい》部までをなぞるばかりだ。

「っん、っん、ぃ……あっ」

それでも、これで十分だった。絶頂まで確実に押し上げられていく。ただ、その歩みはのろくひどく焦れったい。

こめかみを何度もシーツにこすりつけ焦れったさを我慢するが、それでもとうとう耐えられなくなって潤は自らの熱へと指を伸ばしてしまった。

「こーら、何やってんだ」

その手をもちろん泰生は許さない。泰生によって捕らえられて、近付くなとシーツに放られ、潤は二度目には挑戦できなかった。

「ゃ…ぁ…だっ、泰…生っ、泰生…ぇっ」

泰生に訴えるしか方法がない。

涙がシーツにこぼれ、嗚咽《おえつ》に声が震える。

「っ…エロガキっ、だから、声がエロいんだっ…てっ」

泰生の熱い呼気が首筋に触れ、濡れた唇にうなじをきつく吸われた。臀部に触れる泰生の欲望もはっきり兆していて、バスローブ越しにぐいと押しつけられる。

「ぁ、ぃ……っく――――っ」

泰生の指先が尖りきった胸の飾りを押しつぶしたとき、目の前が白くはぜた。キンっと鋭い音が頭の中に響き、聴覚が一瞬だけ壊れる。

「……ゅん、潤、潤？」

ようやく泰生の声が聞こえてきたのはおそらく一分はすぎた頃だろう。もしかしたら、しばし気を失っていたのかもしれない。

重い瞼を開けると、泰生がわずかに安堵の表情を浮かべた。すぐに淫猥《いんわい》なそれに変化したが。

「おまえ、セックスするごとにエロくなってねぇか？」

糸の切れた操《あやつり》人形のような潤の体を泰生が体勢を変える。力のない腕を引っ張って潤の背中に枕を差し込んだ泰生は、濡れた下肢《かし》をはぎ取ったバスタオルで清め、両足を大きく開かせた。

「泰…生？」

自分の恥ずかしすぎる姿に潤は膝を曲げようとするが、それを泰生が眼差しひとつで止める。

「とりあえず、フェラの手本を見せてやるよ」

ぺろりと意味ありげに舌を見せられて、潤はぞくりとした。

「っあ、でもっ」

「うっせ。黙って感じてろ」

潤の腰の間で泰生はひざまずき、潤の欲望に手を添える。

「……っ」

ちらりと、上目遣《うわめづか》いに潤を見ながら泰生は熱に舌を伸ばした。

「ぁ、ぁ、ぁ……っ――……」

先端を舐められただけで潤は息をのんだ。

舌先で欲望の先を抉るように動かされ、口の中に含まれたときには涙があふれていた。

「しっかり見とけ……っ…ん」

瞬《まばた》きで頷くと涙がこぼれ落ちる。それを拭《ぬぐ》うことも潤にはできなかった。少しでも手足を動かすと蕩けるような快感が一気に全身へと回ってしまいそうだったからだ。

「ぁ…っん、んーんっ、っあ、っぁ」

ただただ、泰生が自らの欲望を愛撫するのを見つめるばかり。

「っひ、ぁああ――…っ」

しかし屹立に舌をきつく絡められたとき、潤はたまらず腰を捻った。

その瞬間、恐れていたことが起こる。突き刺すような鋭い快感が一気に全身に巡ったのだ。頭の先まで駆け上がってきた強烈な痺れに潤の呼吸は一瞬止まってしまう。

遅れて襲ってくるのは、甘い毒に犯されて体が溶けていくような感覚。腿から足先へ、尾てい骨からうなじへと、自分の体がどろどろに蕩かされていくようだった。

もう潤には泰生の姿を見る余裕などない。

知らないうちに腰がうねった。それを泰生は押さえつけ、さらに深くむしゃぶりついてくる。イニシアチブを取るのはいつだって泰生だ。潤の快感をいとも簡単にコントロールしてしまう。

「…っ……ひ、っ……ぁ、だめ…だ……っめ」

ガクガクと震えながら、襲ってくる快感から逃げたいと泰生の頭を押しやろうとした。けれど、潤の絶頂を感じた泰生はさらに深く欲望をくわえ込んでくる。

「――――っ…」

吐精の瞬間、潤は声も出せなかった。

「っふ……は、っ……」

突っ張った体がゆっくり弛緩《しかん》していく。その頃になって、ようやく泰生が体を起こした。

「まっず……」

べっ、と舌を見せて苦笑する泰生だが、愛しげに見下ろしてくる顔に嫌悪はなかった。そんな泰生をぼんやり見上げていると、彼の顔に意地悪な笑みが浮かぶ。

「おまえにも分けてやる」

「ん……っ」

潤の頭の横に手を突くと、泰生の顔が近付いてくる。唇を割って舌が差し込まれ、感じた苦みに潤は眉をひそめた。そんな潤を喉で笑った泰生だが、ゆっくりと深いキスをしているうちに、苦みはいつしか蕩けるような甘さに変わっていた。

「で、ちゃんとわかったんだろうな？　フェラのやり方」

満足したように唇を離した泰生が潤と鼻先を触れ合わせながら尋ねてくる。そのセリフに潤はあっと声を上げた。

「まさか、忘れてたなんて言わないよな？」

わずかに尖った目で見下ろされ、潤は視線をさまよわす。

途中までは見ていた。けれど与えられる愉悦《ゆえつ》に翻弄《ほんろう》されて、泰生を見ることはもちろん、手順を追いかける余裕さえもなくなってしまったのだ。

うろたえる潤に頭上でため息の音がした。

「ま、いい。しばらくは、おまえはただ寝っ転がってろ」

「でも……」

「おまえを泣かせる方が今は楽しんだよ」

そう話を締めくくると泰生は自らのバスローブを脱ぎ捨てる。

泰生の雄はすでに屹立していた。それに目を見はり、潤はそっと泰生を見上げる。

「フェラはまた今度だ。今はおまえの中に入れたい」

ストレートな言い方に目縁《まぶち》が熱くなった。

泰生が枕元からローションを取り、潤の足を片手で広げる。尻の狭間《はざま》に濡れた指が触れるとやはり体が震えた。

「っは……ん……んんっ」

「息をつめるな。覚えてるだろ？」

苦笑するように言って、泰生の唇があやすように胸元へと落ちてきた。

「っぁ」

胸の尖りを口に含まれ、くちゅくちゅと音を立てて愛撫されると体から力が抜け落ちていく。

それを見逃さず指が忍び込んだ。

「ひっ…ぁ、ぁ、それ…っ」

「ん？　指だぜ、まだ一本な」

「ぁんっ…っん……ん」

中を押し開くように指を出し入れされる刺激はあっという間に快感へと変わる。

まるで本物の雄のように突き上げられ、引き出された。入れたまま大きく指を動かされると腰が恥ずかしいほど揺れた。

「もっと太いの入れてるくせに、こんなので音を上げんなよ」

舌なめずりしながら本当に楽しそうな声を出している泰生がひどく恨めしくなった。

けれど、今日の自分の体は本当におかしかった。ほんのちょっとの刺激で小さな痺れが体中に走るのだ。

どうしよう。気持ちよくておかしくなる……。

今にも泣き出してしまいそうだった。

「ほら、二本目」

「ぁ…んんっ――――っ…ぁ……ぁっ」

快感がすぎて苦しい。

今すぐにでも精を吐き出したかった。

けれど、それ以上にまたひとりでいかされるのはどうしても嫌だった。泰生の手で簡単にはぜてしまう快感を今度こそ我慢しなくてはときつく唇を噛みしめる。

そのせいで、痛みとして感じるほどの快感が出口を求めて潤の体の中で暴《あば》れる。

「っく…ん…んっ」

「ぁーあ。んなつらそうな顔をするな。そんなに感じるか?」

ガクガク震えながら瞼を上げると、欲情に濡れた目を瞬かせ泰生が見下ろしていた。滾る欲望をこらえるように、引き結ばれた口元は不自然に強ばっている。

「まだきついと思うぜ？」

「来…て……っ」

そんな泰生の顔を見たらたまらなくなった。

それだけで軽くいったのかもしれない。

霞《かす》む視界に、泰生が激情をこらえるように顔を歪めるのが見えた。

「後ろを向けよ。少しは楽なはずだ」

体の向きを変えられ、言われる通りに膝を立てようとするが、震えて足に力が入らなかった。

「ぐにゃぐにゃじゃねぇか」

泰生の手で膝を立てさせられ、ようやく泰生の屹立が蕾に触れる。

「ぁ……ぁ…っぁ」

ゆっくりと、その存在を潤に思い知らせるように入ってきた。

覚えている感覚よりさらに大きい存在に、潤は何度も息を吐く。衝撃に浮かせる体を、腰に回る泰生の手がまた引き戻した。

「すっげ、とろとろ……」

泰生の呻く声が背後で聞こえたと思ったら。

「っや…ぁうっ」

奥までたどり着く前に、泰生が動き始める。

滾った欲望を引きずり出され腰が砕けた。そこをひときわ強く突き上げられ背中が反り返る。

「ひ――っ……ぅ、っう、ん」

体ごともっていくような激しさに、頭上に投げ出した手で必死にシーツにしがみついた。

「っ…気持ちよすぎて目の前がチカチカするぜ…少しっ…緩めろ」

腿を軽く叩かれ、潤はその瞬間悲鳴を上げた。

「っ…ぅ……ふっざけんなよ。先にいかせる気か」

泰生の雄を締め付けたのかもしれない。

しかし、もうその時の潤には自分の意思で体をコントロールできていなかった。

「ぁあっ、あっ……、ぁう…っん、ん」

柔らかい粘膜を抉る泰生の雄に、潤は逃げようと体をくねらせる。快感が強すぎて、ふしだらに腰を揺らした。

「っ…たまん…ね」

泰生の腰の動きが速くなっていく。グラインドをきかせ、奥へ奥へと泰生の欲望が押し入ってきた。その容赦ない動きに潤はなすすべもなく翻弄される。

「ゃ…っだ……ぁ、ぃっ…や……ぁうっ、ぅ」

涙でぐしゃぐしゃになった顔をシーツに擦りつけ、何度も嬌声を上げた。

「潤、いくか？　もうだめか？」

その声に潤は何度も頷く。

揺すぶられ突き上げられる動きに、その頷きはきっと紛れてしまっただろう。なのに、泰生にはわかったようだ。もしかして体を通して伝わったのかもしれない。

「潤、っ…潤」

身の内にある欲望がさらに質量を増した。凶器となったそれが、潤を絶頂へと押し上げる。

「ひ、ぅっ――……っ」

泰生の手が腰に食い込んだとき、ひときわ重い突き上げに潤の体は痙攣《けいれん》した。潤の欲望がシーツを濡らした瞬間、泰生の熱も内側で弾《はじ》けたのを感じた。

「……おい、潤？」

体から泰生が抜け出ていくと、潤はぐったりとベッドに倒れ込む。もう、指先ひとつ動かせなかった。

「も…、動け…な…いです……」

「ったく、仕方ねぇな」

苦笑する声音が落ちてきて、泰生がベッドを離れる気配がした。しかしすぐに戻ってきて、濡れた熱いタオルが背中に触れる。

汗を拭い、精の残滓《ざんし》を拭《ふ》き取ってくれる泰生の腕に潤は申し訳なさを感じたが、体は動かなかった。どころか、身綺麗《みぎれい》にされる気持ちよさにウトウトし出す始末。

何とか意識だけはしっかりとどめておこうと頑張っていた潤だが、ふと——手首に触れた冷たい金属の感触に重い瞼を開けた。

「え？」

目を開けたそこに、グリーンの腕時計を見つけて瞠目《どうもく》する。しかもそれは潤の手首にはめられているものだ。瞬きを三回ほど繰り返したが、手首の腕時計は消えない。

「あれ……」

気付くとベッドの上に泰生はおらず、潤の体は隅々まですっきりしていた。体の下にあるシーツまで新しいものに交換してあったから、頑張っていたつもりがしっかり眠ってしまったのかもしれない。

ぜんぜん気付かないほど熟睡していたなんて……。

起き上がると、体にかけられていたリネンケットが裸の肌を滑り落ちていく。少しでも寝たせいか、疲れはずいぶん取れていた。

「起きたか」

ペットボトルを手に寝室に入ってきた泰生はシャワーを浴びたあとらしい。バスローブを体に引っかけただけの状態で、潤は目のやり場に困った。

同時に自分の姿を思い出し、慌ててリネンケットを体に巻き付ける。

「ほら、飲んどけ」

飲みかけのペットボトルを渡され、潤は赤くなりながら口をつける。

さっきまであんなすごいことをやっていたのに、やっぱりこんな感覚には慣れない……。

しかし、自分の手首を見て潤は思い出したと勢いよく顔を上げた。

「泰生、これは……？」

「ん？　パリコレ土産《みやげ》。まだ、ショップにも卸されてないレアものだぜ？　ようやく手に入ったからやるよ」

泰生に向かって差し出した左手にはまる時計は、発色の美しい若葉色でデザイン性の高いものだ。けれど決して派手なわけではなくしっとりとした落ち着きもあって、潤の細い手首をたおやかに彩《いろど》っていた。

安いものではないとひと目でわかるだけに、潤は困惑せずにはいられない。

「こんな高価なもの、もらえません」

「言うと思ったぜ。んじゃ、腕かしな」

手首をとられて腕時計のリストバンドを外そうとする泰生にホッとする。少しだけ残念な気がするのは仕方ないだろう。泰生に初めてもらうプレゼントだったのだから。

しかし。

「絶対外せないよう、時計の下に強烈なキスマークを二、三個つけといてやる」

「わーっ」

泰生のセリフに潤は悲鳴を上げて自らの手首を取り戻した。外されたと思った腕時計はまだ潤の手首にはまったままだ。

憮然《ぶぜん》とすると、泰生がにやりと人の悪い笑みを浮かべた。

「んじゃ、いいんだな?」

「だめですっ」

それでもさらに口を開こうとした潤だが、泰生はうるさげに鼻の上にしわを寄せた。

「ガキがつべこべ言うんじゃねぇよ。恋人からもらうものに高いも安いも関係ないだろ」

そう言われると、何だか自分の方が悪い気がしてくる。

そうだ。安いからもらうじゃ、確かに変かもしれない……。

「わかりました。あの、ありがとうございます」

だから、礼を言って時計のはまる手首を胸に抱えた。

「ったく、変なところで頑固《がんこ》なんだから。それ、ひと目見たときからおまえに似合うと思ったんだ。仲の良いデザイナーのもので、譲ってもらうことは話がついてたけど、ちょっと連絡がうまくいかなくてな。八束に手を回してもらってようやく今日もらったんだ」

もしかして、さっきのカフェで八束に手渡されていた小箱の中身はこれだったのか。

「ま、いちおう指輪の代わりってやつだ」

「え？」

顔を上げると、泰生はまるで照れた顔を隠すように唇を尖らせている。

「恋人にアクセを贈る気持ちなんてまったくわからなかったけど、今は何となくわかる。それが少し悔《くや》しいぜ」

疑問符がいっぱい並んでいるだろう潤の顔を見て少し笑った泰生だが、すぐに表情を引き締めた。「だから」と、口調を改めて口を開く。

「これで我慢しろ」

泰生の大きな手が潤の前髪をかき上げるように頭に置かれた。

「ムリするなって言ってんだよ、つか、する必要もない。おまえがまだ学生だっておれはちゃんと知ってるんだ、それを今は楽しむべきだと思っている。我慢もいっぱいするだろうけど、おれはできると思うぜ？　だから、おまえも我慢しろ。心配しなくてもおまえはおれのものだ。

おまえの心も体も、おまえのこれからの時間だっておれは誰にも譲る気はねぇんだよ」

間近にある泰生の瞳は揺るぎもしなかった。それが泰生の心からの言葉だと潤に伝えてくる。

もちろん、おれもおまえのものだ、と泰生が最後に付け加えた。

「……うん」

泰生と会えなくて苦しんでいたことを、自分がまだ身動きの取れない学生だというもどかしさを、泰生はもしかしたら潤以上に気にしてくれていたのかもしれない。

指輪の代わりだと言ったこの時計は、潤の今はもちろんこれからの時間さえも泰生のものだという約束の証《あかし》なのだ。

そう思うと急に時計がずっしり重くなった気がする。

愛おしくて、手首ごと潤はぎゅっと時計を握りしめた。

「でも、サイズがあってよかったぜ」

「本当です。おれが持っている時計は、買うときにバンドをずいぶんカットしてもらったんですよ」

「だろうな。それ、元はレディースだから」

時計を眺めていた潤だが、泰生があっさり口にしたセリフにぎょっとする。

「女性ものなんですか？　それを男のおれがつけるなんて……」

「いんじゃね？　実際おまえに似合ってるんだから」

泰生が気にしてくれないから、潤は眉を下げて懇願《こんがん》する。

「これ、家の中で使っちゃだめですか」

「だめに決まってるだろ。おれと会うときだけ、なんてこともするなよ。いつも手首にはめておけ。んー、やっぱり保険にキスマークつけとくか」

腕をとられそうになって、潤は慌てて手首を死守したが。

「遠慮するな。どうせ時計をはめておくんなら見えないだろ」

「嫌です。ちゃんと毎日はめます、寝るときもちゃんとはめるからっ」

「うっせ。そんなのおれが確認できないんだよ」

「わーっ」

ベッドの上で泰生とちょっとした攻防戦になったのだが、それが第二ラウンドへのスタートになるとはその時の潤は思いもしなかった。

Fin.

あとがき

こんにちは、初めまして。青野ちなつです。

この度は「不遜な恋愛革命」を手にとっていただき、ありがとうございます。

学生ものが大好きな青野ですが、最近なかなか書く機会がなかったので、今回はとても楽しい執筆になりました。

そんな中から生まれてきたのが泰生という男。ひと筋縄ではいかないキャラクターでしたが、逆にそれがすごく書きやすくて、一人突っ走っていく泰生に筆が追いつかないなんてこともしばしば。書く側として嬉しいような困った事態でした。しかし、そんな泰生を振り回してしまうのが今回のお話の主人公。もしかしたら、潤こそが最強なのかもしれません。

今までになくベタでピュアな作品となりましたが、最初はあんまりベタすぎて、プロットを提出するのが恥ずかしくなったくらいでした。でも書いていてとても楽しかったので、きっとベタベタな展開が自分は好きなんだろうなと、改めて確認した次第です。皆さまも一緒に楽しんでいただけたら嬉しいのですが。

実は、そんな書いていて楽しかった今回のお話。嬉しいことに続きを書かせてもらうことが決まっています。しかも発売日まで決まっていて、一〇月の発刊予定！

まだプロットも出来上がっていない段階なのですが、新たなお気に入りとなった潤と泰生がこの先どうなっていくのか、私自身とてもワクワクしています。

ちなみに、二巻に出したいな～と思っている人物を本書の後半に登場させました。彼がどんな活躍をするのか。もしくは逆に振り回されるのか。はたまた暗躍するのか。よかったら妄想してみてくださいね。

さて、雑誌に続いてイラストを担当してくださったのは香坂あきほ先生です。

香坂先生にイラストをお願いすることはけっこう前から決まっていたので、キャライメージの作り込みがとてもし易かったです。泰生というキャラも香坂先生のイラストだからこそ生まれたのではないかと思っています。キャララフをいただいたときの感動といったら！　潤もとっても可愛かったんですが、何といっても泰生のかっこよさにはほれぼれしました。メガネをかけた泰生には新たな萌えを開眼、ソファで潤をウリウリする泰生に口元が緩みっぱなしです。

お忙しいなか美麗なイラストを手がけていただいた香坂先生、本当にありがとうございました。二巻もどうぞよろしくお付き合いください。

また、本書がB‐PRINCE文庫の一〇〇冊目に当たるそうで、その記念で香坂先生のカラーイラストが栞になることに！　お話を伺い、そのイラストを見せていただいたときは嬉しい悲鳴を上げました。どんなステキな栞になるのかと今からとても楽しみにしています。

それから、今回のお話の後に当たるショートストーリーを書かせてもらっています。二〇一〇年六月十四日発売の小説b－Boy7月号に掲載されるそれは、潤と泰生の初デート。ところ構わず手を出そうとする泰生とそれに必死で抵抗する（しようとする？）潤との攻防戦です。こちらもぜひ覗いてみてくださいね。

今回の作業途中で、書いた一小節から青野の嗜好をずばり看破されたのは担当女史です。青野は背徳萌えだそうです。Mだと断言されました。それなら、Sだとおっしゃる担当女史との相性はばっちりだなと嬉しく思った次第です。今回も大変お世話になりました。いつか、Mの特性が発揮できる小説を書いてみようかと思います。嘘です。調子に乗ってみました（笑）。

それから、ありがたいことにお手紙やバレンタインチョコレートなどを頂戴しています。お返事を書くことがままならないのですが、（ぬかずきたいほどの）感謝の気持ちは作品にてお返しできたらと思っております。これからもどうぞ応援よろしくお願いします。

紙幅も尽きてまいりました。ここまでお付き合いくださった読者の方、本の出版にご尽力くださったすべての方に厚く御礼申し上げます。

二巻でもまたお会いできたら嬉しいです。

二〇一〇年　五月　　青野ちなつ

初出一覧

不遜な恋愛革命	/小説b-Boy '09年4月号（リブレ出版刊）掲載
不純なラブレッスン	/書き下ろし

B-PRINCE文庫をお買い上げいただきありがとうございます。
先生へのファンレターはこちらにお送りください。
〒162-0825　東京都新宿区神楽坂6-46　ローベル神楽坂ビル4階
リブレ出版(株)内　編集部

B♥PRINCE

http://b-prince.com

不遜《ふそん》な恋愛《れんあい》革命《かくめい》

発行　2010年6月7日　初版発行

著者｜青野ちなつ

発行者｜髙野 潔

出版企画・編集｜リブレ出版株式会社

発行所｜株式会社アスキー・メディアワークス
〒160-8326　東京都新宿区西新宿4-34-7
☎03-6866-7323（編集）

発売元｜株式会社角川グループパブリッシング
〒102-8177　東京都千代田区富士見2-13-3
☎03-3238-8605（営業）

印刷・製本｜旭印刷株式会社

Printed in Japan
ISBN978-4-04-868591-7 C0193

B-PRINCE文庫

好評発売中!!

SAKURA MAYUYAMA
眉山さくら
花《はな》とミツバチ
秘密《ひみつ》の関係
書き下ろしも超エッチいっぱい♥
美人だが世間知らずで気の強い研究者の恂哉は、
傲岸不遜な准教授・岩見にある事を頼まなくては
ならず!?
Illustrated by
一馬友巳
B-PRINCE文庫

B♥PRINCE

おそれいりますが
切手を貼って
お出しください

郵便はがき

1 6 0 8 3 2 6

東京都新宿区西新宿4-34-7
株式会社アスキー・メディアワークス
「B-PRINCE文庫」係行

〒	—		ここには何も書かないでください→	
住所	都道府県			
		TEL ( )		
氏名	ふりがな	男・女	年齢	歳
職業	※以下の中で当てはまる番号を○で囲んでください。 ①小学生 ②中学生 ③高校生 ④短大生 ⑤大学生 ⑥専門学校生 ⑦会社員 ⑧公務員 ⑨主婦 ⑩フリーアルバイター ⑪無職 ⑫その他（ ）			
お買い上げ書店名	市・区・町			店
電子メールアドレス				

※ご記載いただいたお客様の個人情報は、当社の商品やサービス等のご案内などに利用させていただく場合がございます。また、個人情報を識別できない形で統計処理した上で、当社の商品企画やサービス向上に役立てるほか、第三者に提供することがあります。

B-PRINCE文庫 愛読者カード

※当てはまるものを○で囲み、カッコ内は具体的にご記入ください

●この本のタイトル（　　　　　　　　　　）

●この本を何でお知りになりましたか？

①書店　②B-PRINCE 文庫 NEWS（文庫はさみこみチラシ）

③オフィシャルHP　④他のサイト（サイト名　　　　　　　　　　）

⑤小説 b-Boy　⑥b-boy WEB　⑦その他の雑誌を見て（雑誌名　　　　　　　　　　）

⑧人にすすめられて　⑨その他（　　　　　　　　　　）

●この本をご購入された理由は何ですか？

①小説家のファンだから　②イラストレーターのファンだから

③カバーに惹かれて　④オビのあおりを見て　⑤あらすじを読んで

⑥その他（　　　　　　　　　　）

●この本の評価をお聞かせください。

①とても良い　②良い　③普通　④悪い（理由　　　　　　　　　　）

●カバーデザイン・装丁についていかがですか？

①とても良い　②良い　③普通　④悪い（理由　　　　　　　　　　）

●この本の価格についてどう思いますか？

①高い　②やや高い　③普通　④安い　⑤価格を気にしない

●好きなジャンルを教えてください（複数回答可）

学園／サラリーマン／血縁関係／オヤジ／ショタ／ファンタジー／年の差／鬼畜系／

アラブもの／エロ／貴族もの／ヤクザ／職業もの（職業：　　　　　　　　　　）／

その他（　　　　　　　　　　）

●好きな小説家とイラストレーターを教えてください（複数回答可）

小説家（　　　　　　　　　　）

イラストレーター（　　　　　　　　　　）

●あなたがよく買うボーイズラブ雑誌・レーベルを教えてください（複数回答可）

誌名（　　　　　　　　　　）

レーベル名（　　　　　　　　　　）

●電子書籍でボーイズラブ小説を読みますか？

①よく読む　②たまに読む　③あまり読まない　④読んだことがない

※①②と答えた方は、サイト名を教えてください（　　　　　　　　　　）

●この本に対するご意見・ご感想を自由にお書きください

（　　　　　　　　　　）

ご協力ありがとうございました。